EL ARTE DE LA PRUDENCIA

Baltasar Gracián

© 2023 Culturea Editions
Texte et illustration de couverture : © domaine public
Edition : Culturea (Hérault, 34)
Contact : infos@culturea.fr
Retrouvez notre catalogue sur http://culturea.fr
Imprimé en Allemagne par Books on Demand
Design typographique : Derek Murphy
Layout : Reedsy (https://reedsy.com/)
ISBN : 9791041817191
Dépôt légal : Juin 2023
Tous droits réservés pour tous pays

1. Carácter e Intelecto: los 2 polos de nuestra capacidad, una sin la otra son la mitad de la felicidad. El Intelecto no es suficiente, el Carácter es necesario.

2. No digas nada: El valor de tus logros se incrementa por su novedad. Es inútil y estupido jugar con todas tus cartas sobre la mesa. Si no declaras lo que vas a hacer causas expectativas, especialmente cuando eres objeto de atención general. Ponle misterio a todo, el misterio causa veneración. Cuando expliques tus cosas, no seas explícito, para que no expongas tus pensamientos. El silencio es el santuario del Arte de la Prudencia. Una resolución que se dice a los demás no está bien pensada y se vuelve objeto de críticas; si resultara un fracaso, serías doblemente desafortunado. Haz que la gente se pregunte qué estas haciendo y que te observe.

3. Sabiduría y Valor: Son los elementos de la grandeza, dan inmortalidad. Uno vale lo que sabe. Una persona sin conocimientos vive en la oscuridad. El Saber sin Valor es estéril.

4. Haz que la gente dependa de ti: La persona sabia hará que los otros sientan más necesidad de él que agradecimiento. Manténlos con esperanza, pero no te confíes de su gratitud, la esperanza tiene buena memoria, pero la gratitud no. Se consigue más de la dependencia que de la cortesía. El que ha colmado su sed le da la espalda al pozo y la naranja que ha sido exprimida es tirada a la basura. Cuando la dependencia termina tambien acaban las consideraciones y el respeto. Mantén viva la esperanza sin satisfacerla completamente, preservala para que siempre seas necesitado.

5. Nadie es perfecto: No nacemos perfectos, cada día nos desarrollamos en nuestra personalidad y en nuestra profesión. Esto se conoce por la pureza de nuestros gustos, por la claridad de nuestras ideas, por la madurez de nuestros juicios y por la firmeza de nuestra voluntad. La persona completa –sabia en el hablar, prudente en sus actos- es admirada.

6. Evita destacar más que tus superiores: Las victorias engendran odios. Una victoria sobre tus superiores es estúpida o fatal. La preeminencia es detestada, especialmente por aquellos que están en una posicion alta. La precaución puede cubrir las ventajas. Por ejemplo, un buen físico puede ser ocultado bajo ropa floja. Los superiores quieren serlo en la más superior de las cualidades. Permitirán alguien que les ayude, pero no alguien que los sobrepase. Cuando les des un consejo hazlo parecer como un recuerdo de algo que ellos han olvidado más que como una guia de algo que ellos no saben. Las estrellas nos enseñan la leccion: aunque son bellas y brillantes, no rivalizan con el sol.

7. No tengas pasiones: La mas alta cualidad de la mente. Nos libera de los bajos impulsos. No hay mayor control que el que se tiene sobre uno mismo, sobre sus impulsos, ese es el triunfo de la voluntad. Que las pasiones no controlen tu carácter. No tener pasiones es la única manera de evitar problemas y el camino más corto para vivir mejor.

8. Evita las fallas propias de tu país: No hay nacioón, aun entre las mas civilizadas, cuyos habitantes no tengan algún defecto peculiar, el cual sea señalado por otras naciones para criticarla o para ridiculizarla. Sé inteligente corregiendo en ti mismo tales defectos. Adquieres gran crédito al ser único de entre tus paisanos, porque lo que es menos esperado es más apreciado. Tambien cuida de deshacerte de los defectos de familia, propios de un oficio, o de la edad.

9. Fortuna y Fama: La primera es para esta vida, la segunda para la otra. La fortuna es deseada y algunas veces alimentada, pero la fama se gana. El deseo de fama se origina de la virtud. Fama es la hermana de los gigantes; siempre se va a los extremos, ya sean monstruos horribles o prodigios brillantes.

10. Relacionate con aquellos que te pueden enseñar algo: Deja que la amistad sea escuela de conocimientos y que la cultura sea enseñada en la conversación. Que tus amigos sean tus maestros y mezcla los placeres de la conversación con las ventajas de la instrucción. Siempre estamos atraidos a otros por nuestro interés propio, pero en este caso es un interés noble.

11. Actúa a veces pensándolo dos veces y a veces de primer impulso: La vida es una guerra en contra de la malicia de los demás. La Sagacidad lucha con cambios de intención –nunca haciendo lo que amenaza hacer, esforzándose por no atraer la atención, siempre buscando ocultar su juego, atrae la atención del oponente, pero conquista por el modo inesperado. Una inteligencia aguda anticipa esto mediante la observación y se pone al acecho. Siempre entiende lo opuesto de lo que el oponente quiere que creas. Deja que pase el primer impulso y espera por el segundo o hasta el tercero. La Sagacidad trata de engañar aún con la misma verdad, cambia el juego para cambiar el engaño, hace trampa sin hacer trampa. Pero la inteligencia opositora está en guardia con gran alerta y descubre la oscuridad oculta por la luz y descifra cada movimiento.

12. El Qué y el Cómo: La Substancia no es suficiente, también se requiere atención a la Circunstancia. Los malos modales todo lo arruinan –hasta a la razón y a la justicia- las buenas maneras adornan, endulzan hasta la verdad y embellecen hasta a la senectud. El *cómo* es importante en los asuntos, las buenas maneras se ganan el corazón de la gente. El Buen comportamiento y una expresión agradable pueden ayudarte a salir de una situación difícil.

13. Ten a inteligencias auxiliares junto a ti: Es un privilegio del poderoso rodearse de sabios que lo protejan de los peligros de la ignorancia, que lo ayuden a salir de las dificultades. Es una rara grandeza saber hacer uso de los sabios. Es una gran habilidad saber hacer sirvientes de aquellos que por naturaleza son nuestros superiores. No hay verdadera vida sin sabiduría. Es notoriamente inteligente el que estudia sin esfuerzo, el que consigue mucho por medio de muchos y en volverse sabio gracias a ellos. Cuando hablas, las bocas de sabios hablan a través de ti, por lo que obtienes la fama de oráculo por esfuerzos de otros. Estas inteligencias auxiliares destilan los mejores libros y sirven la quintaescencia de la sabiduría. Si no puedes tener sabios a tu servicio tenlos como amigos.

14. Sabiduría y Buenas Intenciones: Juntas aseguran el éxito continuo. Un buen intelecto unido a una mala voluntad originan la monstruosidad. La mala voluntad envenena todas las perfecciones; ayudada por el conocimiento se arruina con más grande sutileza. Es una miserable superioridad que resulta en la ruina. El conocimiento debe tener sentido.

15. Varia tu forma de actuar: Para distraer la atención, no hagas las cosas igual, sobre todo si tienes rivales. No siempre actúes de primer impulso, la gente pronto reconocerá tu forma de actuar y se anticipará para frustrar tus deseos. Es más fácil matar a un pájaro que vuela recto, que a uno que zigzaguea. Tampoco actues siempre de segunda intencion. Recuerda que el enemigo te está vigilando, se requiere habilidad para vencerlo. El apostador nunca juega la carta que el oponente espera, menos aun la que desea.

16. Aplicación y Habilidad: Cuando las dos se unen se alcanza la fama. La gente mediocre obtiene más con aplicación que la gente superior sin ella. El trabajo es el precio que se paga por la reputación. Lo que cuesta poco, tiene poco valor. Aun para los más altos puestos se requiere únicamente en algunos casos la aplicación más que el talento. No te contentes con la humilde mediocridad cuando puedes brillar.

17. No causes expectación exagerada cuando inicies algo: porque después es difícil satisfacer las expectativas. Lo real nunca puede igualar a lo imaginado, por lo que es fácil formarse ideales y luego es muy difícil hacerlas realidad. La imaginación crea esperanza y hace que se crea que las cosas son más de lo que en realidad son. Por la expectación la gente se desilusiona en vez de impresionarse. La esperanza es una gran falsificadora de la verdad. Haz lo contrario asegurándote que el fruto exceda al deseo. Es mejor que la realidad sobrepase a la idea.

18. El Arte de tener Buena Suerte: El sabio no la deja las reglas de la suerte a la casualidad. La suerte es asistida por la Prudencia. Algunos se contentan con ponerse confiadamente frente a las puertas de la fortuna esperando a que estas se abran solas. Otros piensan mejor y empujan dichas puertas y sacan ganancia de su inteligente arrojo. La verdadera filosofía no tiene otra conducta que la virtud y la introspección, porque no existen ni la buena ni la mala suerte, solo la sabiduría y la estupidez.

19. El Conocimiento tiene un Propósito: La gente sabia se arma de un conocimiento experto y practico de lo real, no del chisme común. Los sabios poseen un abundante almacén de dichos inteligentes y de nobles actos y saben como emplearlos en el momento correcto. A veces, mas se enseña con afabilidad que con seriedad.

20. Se Libre de Imperfecciones: Todos tenemos algún punto débil, ya sea físico o moral, el cual consentimos aunque lo podríamos curar fácilmente. Un defecto, por pequeño que sea te devalúa, una nube puede tapar al sol. Nuestros defectos sirven para ser señalados por aquellos con mala voluntad. La más grande habilidad es transformar los defectos en ornamentos. El Cesar romano ocultaba su calvicie con laureles.

21. Controla tu Imaginación: Es importante para tu felicidad, equilibra la razón. La imaginación puede tiranizar nuestra vida, hacerla feliz o ponernos una carga, dependiendo a donde nos lleve. Nos puede hacer sentirnos satisfechos o insatisfechos con nosotros mismos. Puede convertirse en el látigo de los tontos, para otros promete felicidad, aventura e ilusiones. Contrólala prudentemente.

22. Aprende a leer entre líneas: No te puedes hacer entender a menos que entiendas a los demás. Las verdades que nos atañen están dichas a medias, pero leyendo entre líneas podemos captar el significado completo. Capta la verdad detrás de las palabras y de las acciones. Cuando escuches algo favorable, no lo creas 100% si escucha algo desfavorable analízalo.

23. Encuentra y conoce las pasiones de cada persona: Este es el arte de manejar sus voluntades. Debes de saber como llegarle a cada uno y con que. Cada voluntad tiene un motivo especial. Toda la gente idoliza algo. Para algunos es la fama, el interés propio o el placer. La habilidad consiste en conocer estos ídolos para saber manipularlos. Conoce el principal motivo de una persona y tendrás la llave hacia su voluntad. Recurre a los motivos primarios, que no son siempre los más elevados. Primero conoce la pasión que rige la vida de la persona, trabájala con palabras, ponle tentaciones y así siempre controlaras su voluntad.

24. Valora más la Calidad que la Cantidad: La excelencia reside en la Calidad no en la Cantidad. Lo mejor siempre es escaso y raro, la abundancia reduce el valor. Hay veces que los gigantes son verdaderos enanos. Algunos valoran los libros por su grosor, como si hubieran sido escritos para ejercitar los músculos más que el cerebro. Si quieres ser excelente en todo lo serás en nada. La Intensidad, la especialización, el objetivo bien definido te llevan a la excelencia.

25. No seas común en nada: especialmente en tus gustos. Es sabio sentirse incomodo cuando tus actos satisfacen a la gente común. El exceso de aplauso popular nunca satisface al sabio. Tampoco seas común en tu Inteligencia.

26. Se integro: Afearte a la rectitud con tal tenacidad que ni las pasiones del populacho ni la violencia del tirano te hagan transgredir los limites de la justicia. Muchos alaban a la rectitud pero pocos la siguen. Los astutos hacen distinciones plausibles como el no ponerse en el camino de sus superiores o en el de asuntos de estado.

26. No tengas nada que ver con ocupaciones de mala reputación: Y ten menos que ver con modas. Hay muchas modas caprichosas y la persona prudente se aleja de ellas. Hay gente con gustos extraños que adquieren todo lo que la gente sabia repudia, son excéntricos y esto los puede hacer ser bien conocidos, pero mas como objeto de ridículo que de buena reputación. Una persona precavida no hace publico su afán de sabiduría y aun menos aquellos asuntos que lo hagan parecer ridículo.

27. Selecciona a la gente con suerte y evita a la gente sin suerte: La mala suerte es generalmente el castigo a la estupidez y para el desafortunado no hay enfermedad más contagiosa. Nunca abras la puerta a un mal menor porque otros más grandes se colaran. Cuando tengas duda, sigue los actos de los sabios y de los prudentes, tarde o temprano ellos ganaran la partida.

28. Adquiere la reputación de ser afable: Conquista con buena voluntad. Se capaz de hacer mas bien que otros. Hacen amigos los que se portan amigables.

29. Reconoce cuando retirarte: Es una gran lección en la vida saber cuando decir que no. Hay ocupaciones que devoran tiempo precioso. Ocuparte en algo que no te concierne es peor que no hacer nada. No interfieras en los asuntos de otros, cuida que los otros no interfieran con tus asuntos. Nunca debes estar tan obligado con otros como para que dejes de estarlo contigo mismo. No abuses de la ayuda de tus amigos. Todo exceso es una falla, y sobre todo en las relaciones personales. Una sabia moderación no desgasta la cortesía y preserva la buena voluntad y la estimación. Al hacer esto preservas tu libertad sin pecar contra el buen gusto.

30. Conoce tus mejores cualidades: Conócelas y cultívalas. Puedes ser excelente en algo si conoces tus mejores cualidades. Reconoce en que sobresales y enfócate en ello. La mayoría de las personas desperdician sus aptitudes naturales lo cual los mantiene siempre en la mediocridad.

31. Medita bien las cosas: Todos los tontos sufren por no meditar bien las cosas. Hacen un gran escándalo por lo que importa poco y poco ruido de lo que importa mucho, siempre usando la balanza equivocada. Hay asuntos que deben ser observados con la atención mas detallada y deben de ser siempre recordados. El prudente medita bien todas las cosas, sobre todo las mas difíciles.

32. Antes de actuar o de detenerte, consulta a tu Fortuna: Mas depende de esto que de tu temperamento. Espera a usar tu Suerte en el momento apropiado, esto se debe a que Ella tiene periodos y ofrece oportunidades –aunque no las puedas calcular, debido a que sus pasos son muy irregulares. Cuando encuentres que la Fortuna te es favorable, avanza hacia adelante audazmente, porque ella favorece al audaz y como es mujer también favorece al joven. Pero si ves que tu fortuna es adversa, retírate para no redoblar su influencia.

33. Almacena sarcasmos y aprende cuando usarlos: Los sarcasmos se lanzan para sondear los humores y por medio de ellos se obtiene la guía más sutil y penetrante de sus corazones. También hay sarcasmos maliciosos, insolentes, envenenados por la envidia o por la pasión, latigazos inesperados que destruyen de golpe todo favor y estima. Otros sarcasmos trabajan favorablemente, confirmando y asistiendo nuestra reputación. Pero entre mas hábil sea la forma en que son lanzados, mas grande debe de ser la precaución con la que deben ser anticipados y recibidos, porque cuando se conoce la malicia también se conoce la defensa y cuando un tiro es previsto no da en el blanco.

34. Abandona tu suerte cuando aun estés ganando: Lo hacen los mejores jugadores. Una buena retirada es un ataque elegante. La suerte que dura demasiado es sospechosa; la suerte intermitente es más segura. Entre más grande es la pila de suerte más grande el riesgo de que se caiga. La Fortuna te paga la intensidad de sus favores con la cortedad de su duración. La Fortuna se cansa rápido de cargarte en sus hombros.

35. Reconoce cuando las cosas han madurado y cuando disfrutarlas: Todo alcanza un punto de madurez, es su punto máximo y también el inicio de la degeneración. Pocas obras de arte alcanzan un punto tal en el que no pueden ser mejoradas. Es un privilegio del buen gusto disfrutar todo cuando esta en su punto más alto de maduración. No todos pueden hacer esto, no todos saben como hacerlo. Hay un punto de maduración para las frutas y para el intelecto, es importante saber como reconocerlo para valorarlo y usarlo.

36. Gánate la Buena Voluntad de la gente: Es muy bueno ganarse la admiración de todos, pero es aun mejor ganarse su afecto. Los grandes regalos no son suficientes, aunque son esenciales –gánate la buena opinión y será fácil ganarte la buena voluntad. Los actos amables producen sentimientos amables – haz el bien con buenas palabras y mejores hechos, ama para que seas amado. La Cortesía es la magia política de los grandes. Siempre da más importancia a los hechos.

37. Nunca exageres: No hables con superlativos, para que nunca ofendas a la verdad y para que no pongas tu inteligencia en duda. Las exageraciones muestran lo escaso de nuestra sabiduría o gusto. La alabanza crea curiosidad, engendra deseo y si después lo dicho no corresponde a las expectativas –como generalmente sucede- aparece la decepción y se abarata lo alabado y el alabador. El Prudente prefiere dar descripciones incompletas a pasarse en la descripción. Las cosas extraordinarias son muy raras, así que modera tu evaluación. La exageración es prima de la mentira y hace que arriesgues tu reputación, tu buen gusto y tu buen sentido.

38. Piensa con pocos y habla con muchos: No estar de acuerdo con la opiniones de los demás se toma como un insulto, porque se condena su juicio. La verdad es para los pocos, el errar es común y vulgar. La persona sabia no es conocida por lo que dice en el foro publico, porque ahí no habla con su propia voz sin con la voz de la estupidez publica. El Prudente evita ser contradecido tanto como evita contradecir a los demás y aunque tiene su propia forma de pensar lista para ser expresada no lo hace. El pensamiento es libre, la fuerza no puede y no debe usarse con el. La persona sabia se retira en el silencio y si se permite salir de el lo hace en lo oscuro y ante gente seleccionada e inteligente.

39. Usa, pero no abuses de la astucia: No debes deleitarte ni hacer alarde de ella. Las mañas deben ser ocultas, sobre todo la astucia la cual es odiada. La decepción es común, por lo que nuestra precaución debe de ser redoblada, pero sin que sea notada, porque la precaución causa desconfianza, molestia, despierta deseos de venganza y engendra otros males. Actuar con precaución es de gran ventaja y no hay mayor muestra de sabiduría.

40. Domina tus antipatías: Nos formarnos antipatías de la gente, aun cuando no sabemos nada de ellos. Hay veces que esta aversión se dirige hacia nuestros superiores. El buen sentido domina este sentimiento porque no hay nada mas desacreditable que repudiar a los que son mejores que nosotros. Si la simpatía con los grandes nos ennoblece, la antipatía con ellos nos degrada.

41. Evita echarte obligaciones: Este es uno de los principales objetivos de la Prudencia. La gente de gran Prudencia mantiene los extremos muy separados para que haya una gran distancia entre ellos. Siempre se mantienen en el centro de su precaución, para que les de tiempo de actuar. Es mas fácil evitar comprometerse que salir bien parado del compromiso. Tales asuntos ponen a prueba nuestra inteligencia –es mejor evitarlos. Una obligación lleva a la otra y puede terminar en problemas. Hay gente que por naturaleza o por costumbre se echa obligaciones fácilmente. Pero el Inteligente debe meditar bien antes de echarse una obligación. Se necesita más valor para negarse a aceptar la obligación que en cumplirla. Cuando hay un tonto que se ofrece, uno debe de tomar el segundo lugar.

42. Muchas cosas dependen de ser una persona profunda: El interior debe ser al menos tan impresionante como el exterior. El carácter de algunas personas es solo una fachada, como las casas que tienen el pórtico de un palacio y las habitaciones de una cabaña. No vale la pena tratar con tales personas aunque ellos te importunen con su conversación. Son muy susceptibles a los primeros cumplidos, pero pronto el silencio se adueñara de ellos porque no piensan mucho. Otros pueden dejarse cautivar por ellos porque tienen apariencia atractiva pero superficial, pero el Prudente no se dejara cautivar porque vera dentro de ellos y no encontrara nada más que material para burla.

43. Se una persona de observación y discernimiento: Una persona así manda sobre las cosas, no las cosas sobre el. Una persona así sondea las profundidades. Sabe como llegar a la anatomía del carácter. Una persona así observa a las personas, las comprende y juzga su más intima naturaleza. Le bastan unas pocas observaciones para descifrar lo que esta oculto. Una persona así descubre y comprende todo con aguda observación, sutil introspección y con Prudencia.

44. Nunca pierdas el respeto por ti mismo: Y no estés demasiado consciente de ti mismo. Deja que tu propia integridad sea el verdadero estándar de tu rectitud y deja que el juicio que tienes sobre ti mismo sea muy estricto. Evita todo lo que no sea apropiado mas por cuidar el respeto que tienes por ti mismo que por temor a la autoridad externa.

45. Aprende a escoger bien: La mayoría de la vida depende de esto. Necesitas buen gusto y juzgar correctamente, ni el intelecto ni el estudio son suficientes. Para ser selecto debes saber escoger lo mejor. Hay mucha gente con mentes fértiles y sutiles, de agudo entendimiento, con muchos estudios, que son grandes observadores pero que no saben escoger bien. Siempre escogen lo peor como si estuvieran decididos a fracasar. Saber escoger bien es uno de los más grandes dones.

46. Nunca muestres molestia: Cualquier exceso de pasiones debilita la Prudencia, si se te desbordan por la boca tu reputación estará en peligro. Es un gran objetivo de la Prudencia nunca sentirse avergonzado. Seamos tan grandes amos de nosotros mismos para que ni las circunstancias mas afortunadas ni las mas adversas causen daño a nuestra reputación sino que la mejoren mostrando tu superioridad.

47. Se Diligente e Inteligente: La Diligencia pronto ejecuta lo que la Inteligencia cuidadosamente pensó. La prisa es la falla de los tontos – no conocen los obstáculos y actúan sin preparación. La tardanza nulifica el pensamiento diligente. La presteza es la madre de la buena fortuna. Ha hecho mucho el que no deja nada para mañana. Despacio que voy de prisa.

48. Conoce como mostrar tu fuerza: Las liebres pueden jalarle la melena a un león muerto. La valentía no es asunto de broma. Da entrada al primero y tendrás que ceder al segundo y así asta el final y ganar significara muchísimo problema. La valentía moral excede a la valentía física, debe ser tu escudo. La cobardía moral degrada más que la debilidad física. Muchos han tenido eminentes cualidades pero por falta de un corazón valiente, tenaz, pasaron inadvertidos y encontraron una tumba en su propia pereza. La sabia naturaleza ha combinado prudentemente la dulzura en la miel de la abeja y la agudeza en su aguijón.

49. Aprende a saber esperar sabiamente: Es una señal de nobleza el tener el don de la paciencia sabia. Nunca estar de prisas, nunca ser esclavo de las pasiones. Primero domínate a ti mismo si quieres dominar a los demás. Debes de pasar por la circunferencia del tiempo antes de llegar al centro de la oportunidad. Una espera sabia sazona los objetivos y madura los medios. El efecto del tiempo es implacable, Dios castiga con el tiempo. "El tiempo y yo contra todos". La Fortuna se le entrega al que sabe esperar sabiamente.

50. Ten aplomo: Es el producto de la buena disposición del alma. Debido a esta vivacidad y alerta no hay miedo al peligro. Muchos reflexionan demasiado, solo para acabar mal y otros obtienen su objetivo sin meditar las cosas. Hay caracteres paradójicos que trabajan mejor en una emergencia: tienen éxito en lo que hacen sin pensar pero fallan en lo que hacen meditando. La presteza gana el aplauso porque demuestra notable capacidad, sutileza de juicio y Prudencia en la acción.

51. Se lento y seguro: Las cosas se hacen lo suficientemente rápido si se hacen bien. Si las cosas son rápidamente hechas pueden ser rápidamente deshechas. Durar una eternidad requiere una eternidad de preparación. Solo la excelencia cuenta, solo los logros perduran. Una Inteligencia profunda es la única base para la inmortalidad. Lo que vale mucho cuesta mucho.

52. No emplees mas fuerza de la necesaria: No hay necesidad de mostrarle tu habilidad a nadie. No permitas que haya gasto innecesario de conocimiento ni de poder. Si muestras mucho hoy no habrá nada que mostrar mañana. Siempre ten una novedad con la cual deslumbrar a los demás. Mostrar algo fresco cada día mantiene viva la expectación y oculta los limites de tu capacidad.

53. Siempre termina bien: En la casa de la Fortuna si entras por la puerta del placer saldrás por la puerta del dolor y viceversa. Por eso piensa en el final y dale más importancia a una salida feliz que a un aplauso a la entrada. Es común que el entupido tenga una buena entrada y un mal final. Lo importante no es el aplauso del vulgo a la entrada –eso le toca casi a todos- sino la sensación general al final. Pocos en la vida son aclamados al final. La Fortuna rara vez acompaña a alguien a la puerta de salida.

54. Se excelente en lo que es excelente: Es una rareza entre las excelencias. Eminencia en una alta posición te distingue del vulgo y te hace excepcional. Distinguirse en un puesto pequeño te hace ser grande en lo pequeño, entre mas comodidad menos gloria.

55. Rodéate de buenos asistentes: Se pone a prueba tu inteligencia por las deficiencias de tus asistentes. La excelencia del ministro no disminuye la grandeza de su señor. Toda la gloria de las hazañas se refleja en el actor principal, así también la culpa. La Fama solo tiene tratos con los principales. La Fama no dice: "Este fue bueno, aquel tuvo malos asistentes" sino "Este fue bueno, aquel fue malo, sean quien fueren sus asistentes". Selecciona y pon a prueba a tus asistentes, porque les tienes que confiar el destino de tu fama.

56. Se el primero: Dar el primer golpe es una gran ventaja cuando los contendientes son iguales. Muchos pueden haber sido únicos si hubieran sido los primeros. Los primeros son los herederos de la fama. Los otros son segundones, pericos imitadores. El sabio encuentra un nuevo camino a la eminencia y la Prudencia los acompaña todo el camino. El sabio trata de ser siempre el primero. Hay quienes prefieren ser primeros en asuntos de menor importancia que segundos en grandes hazañas.

57. Evita preocuparte: Este aspecto de la Prudencia trae su propia recompensa. Es compañera de la comodidad y de la felicidad. Tampoco des ni recibas malas noticias a menos que te ayuden a un fin. Hay gente cuyos oídos están llenos de dulce adulación, otros con amarguras, mientras otros no pueden vivir sin molestias. No tiene caso llevar una vida de problemas y preocupaciones pensando en disfrutar en la otra vida. Nunca eches a perder tus oportunidades por darles gusto a otros que dan consejo pero se mantienen a distancia.

58. Cultiva el buen gusto: Puedes entrenarlo como al intelecto. El conocimiento despierta el deseo e incrementa el disfrute. Conocerás un espíritu noble por lo elevado de sus gustos. Solo algo extraordinario puede satisfacer a una gran mente. Cosas grandes para las mentes grandes, cosas nobles para almas nobles. Ante su juicio, los más valientes tiemblan, los más perfectos pierden confianza. Pocas cosas son de primera importancia. El buen gusto puede ser impartido con la relación personal, es una gran fortuna asociarse con el mejor de los gustos. Pero no tomes la costumbre de estar insatisfecho con todo, es el extremo de la tontería, y es mas odioso si es por afectación que por ideales inalcanzables.

59. Asegurarse que las cosas terminen bien: Algunos consideran más el rigor de la competencia que el hecho de ganarla, pero para el mundo el descrédito del fracaso final acaba con el reconocimiento de pasadas hazañas. El victorioso no necesita dar explicaciones. La gente no pone atención en los detalles de las medidas empleadas sino en los buenos o malos resultados. Un buen final adorna todo, por mas insatisfactorias que sean las medidas tomadas. A veces debes transgredir las reglas si no puedes terminar bien de otra forma.

60. Elige una ocupación que te haga ganar distinción: Muchas cosas dependen de la satisfacción de otras personas. La estimación es a la excelencia lo que el viento a las flores: el aliento de vida. Hay algunas ocupaciones que ganan la estimación de todos, mientras que otros más importantes no gozan de crédito. Entre los príncipes, los conquistadores son los más celebrados y por eso el rey de Aragón se gano el aplauso como guerrero, como conquistador y como gran persona. Una persona inteligente preferirá una ocupación que lo distinga, para que sea inmortalizado por la opinión general.

61. Es mejor ayudar con Inteligencia que con memoria: La memoria solo necesita el recuerdo, la Inteligencia requiere del pensamiento. Comparte la luz de tu Inteligencia cuando la tengas y pédela cuando no la tengas –en el primer caso hazlo cautelosamente y la segunda con avidez. La mayoría de las cosas no son obtenidas porque no se intenta conseguirlas.

62. No des rienda suelta a los impulsos: Sabio es el que no se deja influenciar por las impresiones de los demás. La propia reflexión es la escuela de la sabiduría. Conocerte a ti mismo es el inicio del automejoramiento. No te entregues a excesos que no solo debilitan tu voluntad, todo el poder de raciocinio se pierde cuando el deseo y el conocimiento jalan en direcciones opuestas.

63. Aprende a decir "No": No debes de ceder en todo ni a todos. Saber rechazar es tan importante como saber aceptar. Todo depende en como lo hagas. El 'no' de algunos es mas meditado que el 'si' de otros, por lo que un 'no' adornado es a veces mas satisfactorio que un 'si' seco. Tu rechazo no necesita ser rotundo, deja que la desilusión aparezca gradualmente. Tampoco dejes que tu rechazo sea final –esto destruiría la dependencia, así que deja que quede un poco de esperanza para ablandar el rechazo. Deja que la Cortesía y las buenas palabras compensen los hechos. "Si" y "No" se dicen pronto, pero dejan mucho a que pensar.

64. Se confiable: No dejes que tus acciones sean anormales ni por disposición ni por afectación. El sabio es consistente con sus mejores cualidades, por esto obtiene la fama de ser confiable. Si cambia, es por una buena razón y después de meditarlo bien. En asuntos de conducta el cambio es odioso. Hay gente que es diferente todos los días –su inteligencia varia, aun mas que su voluntad, y por esto también su fortuna cambia. Para ellos el blanco de ayer es el negro de hoy, el no de hoy es el si de ayer. Este tipo de gente destruye el crédito que tiene con otras personas.

65. Se decidido: La mala ejecución de tus planes es menos dañina que la falta de decisión. Las corrientes de agua causan menos daños cuando fluyen libremente que cuando son detenidas por un dique. Hay gente de propósitos tan poco firmes que requieren la dirección de otros y no porque no sean capaces sino por su falta de acción. Se necesita habilidad para descubrir dificultades pero más para salir de ellas. Existen otras personas que tienen un juicio tan claro y un carácter tan determinado que los hace aptos para las acciones mas elevadas, su inteligencia les dice donde meter la punta de la cuña y su resolución les indica como meterla hasta el fondo. Este tipo de gente acaba con toda tarea pronto y cuando han completado una están listos para la otra. Unidos a la Fortuna ellos se aseguran el éxito.

66. Conoce como usar la evasión: Esta es la forma en que el inteligente escapa de las dificultades, se zafan del más intrincado laberinto con solo la inteligente aplicación de un comentario o de una sonrisa. La mayoría de los grandes líderes son expertos en este arte. Cuando tengas que rechazar algo, la forma mas cortes es cambiar el tema. A veces es muy conveniente actuar como si no entendieras. Navega con bandera blanca para sacar la negra solo cuando sea necesario.

67. No seas inalcanzable: Ser inaccesible es la falla de aquellos que no confían en ellos mismos. No ganaras la buena voluntad de la gente si te muestras malhumorado con ellos. Es todo un espectáculo ver a los insociables que disfrutan siendo orgullosamente impertinentes, los que tienen que tratar con ellos los abordan como si fueran preparados a pelear con un tigre, armados con paciencia y temor. Esta gente inalcanzable obtuvo su posición por haberse congraciado con alguien, pero al llegar a donde querían buscan irritar a todos. Una buena forma de castigar a este tipo de gente es dejarlos solos, privándolos de la oportunidad de progreso al no darle la oportunidad de relacionarse con los demás.

68. Escoge un ideal heroico: Más que imitar emula los ejemplos de grandeza, de honor. Nada despierta tanto la ambición que la fama de otro. Lo mismo que afila la envidia, alimenta a un espíritu generoso.

69. No estés siempre bromeando: La sabiduría se demuestra en asuntos serios. El que esta siempre bromeando nunca esta listo para asuntos serios. Los bromistas se parecen a los mentirosos la gente nunca les cree ni los toma en serio debido a que esperan un mentira en uno y una broma en el otro. Nunca se sabe cuando hablan con buen juicio lo que es igual a no tenerlo. Una broma continua pronto pierde su chiste. La broma debe de tener su pequeño momento, la seriedad debe de tener todo el resto del día.

70. Se un camaleón: Se discreto con los discretos, culto con los cultos, santo con los santos. Gran arte es ganarse el apoyo de todos; el consenso general hace que ganes buena voluntad. Estudia el humor de la gente y adáptate a cada uno de ellos. Sígueles el tema y maquilla las diferencias tan astutamente como sea posible. Este es un arte indispensable para los que dependen de otros. Debes de ser universal en tu genio y en tu astucia.

71. El arte de llevar a cabo las cosas: La simplicidad del tonto que le quita la atención también lo priva del sentido de pena cuando fracasa. La Prudencia tiene como compañeros a la Precaución y al Cuidado. Avanza con Precaución cuando sientas profundidad. La Sagacidad avanza con Precaución en compañía de la Discreción. Existen insospechadas profundidades en las relaciones humanas, debes de sondearlas antes de avanzar.

72. Ten una disposición jovial: Se jovial con moderación, un grano de alegría todo lo mejora. Únete a la diversión pero preserva tu dignidad sin sobrepasar los límites. Usa el buen humor para salir de dificultades, lo que demuestra serenidad.

73. Se precavido cuando obtengas información: Vivimos por la información, no por la vista. La oreja es la puerta lateral de la verdad pero también la puerta frontal de las mentiras. La verdad generalmente se ve, raramente es escuchada. La verdad viene raramente en su pureza elemental, siempre la acompañan una mezcla de los humores de aquellos por los que ha pasado. La pasión la tiñe donde la toca, a veces favorablemente, a veces no. Ella siempre obtiene la disposición de la gente, por lo que recíbela con precaución de aquel que alaba, y con aun más precaución de aquel que culpa. Pon atención a las intenciones del que te habla, debes de saber de antemano cuales son sus planes. Deja que la reflexión ponga a prueba la falsedad y la exageración.

74. Renueva tu brillantez: El privilegio del fénix. La habilidad envejece y con ella su fama. La costumbre debilita la admiración y una mediocridad nueva frecuentemente eclipsa a la envejecida excelencia. Vuelve a nacer en cuanto a tu valor, tu genio, tu fortuna, en tu todo. Muestra novedad – aparece fresco cada día. Cambia también el escenario en el cual brillas, para que se sienta tu ausencia en los viejos escenarios de tus pasados triunfos, mientras la novedad de tus poderes gana el aplauso en los nuevos.

75. No llegues hasta las últimas consecuencias de nada, ni bueno, ni malo: Si llevas algo hasta el extremo se volverá contra ti, exprime todo el jugo de una naranja y se volverá agria. Ni en los disfrutes llegues a los extremos. Si ordeñas a una vaca demasiado, en lugar de obtener leche sacaras sangre.

76. Permítete un pecado perdonable: La envidia es como el rayo, les pega a los más altos. La envidia entre más educada mas envenenada. La envidia cuenta cada perfección como una falla y piensa que ella no tiene fallas. Para que desarmes a la envidia debes de fingir de vez en cuando negligencia en el valor o en el intelecto, pero no en la Prudencia. Algún descuido sabio ocasional es una de las grandes recomendaciones del talento.

77. Utiliza a tus enemigos: No tomes las cosas por la hoja que corta sino por la empuñadura que te protege de daño – especialmente con las acciones de tus enemigos. Una persona sabia y prudente obtiene más de utilizar a sus enemigos que cualquier tonto obtiene de utilizar a sus amigos. La mala voluntad de tus enemigos derriba montañas de dificultades que uno podría enfrentar en otros casos. Muchos han logrado su grandeza por sus enemigos. La alabanza es más peligrosa que el odio, porque cubre las manchas que el otro muestra. El sabio y prudente convertirá la mala voluntad de sus enemigos en un espejo mas fiel que el de la buena voluntad y quitara o mejorara las fallas y defectos que ella ataca. La Precaución y la Prudencia florecen mejor cuando la Rivalidad y la Mala Voluntad son vecinas.

78. No seas el comodín, el ajonjolí de todos los moles: Lo que es muy usado puede ser objeto de abuso. Todos lo codician y quedan a disgusto con el. Es un gran infortunio no ser útil para nadie – pero es peor ser útil para todos. Los que se encuentra en esta situación pierden al ganar y al final aburren a aquellos que los buscaban. Estos comodines desgastan todo tipo de excelencia. Al perder la estima de los pocos, obtienen el descrédito del vulgo. El remedio contra este extremo es moderar tu brillantez. Se extraordinario en tu excelencia, si gustas, pero se ordinario en como lo demuestras. Entre más luz da una antorcha, más rápido se consume. Muéstrate menos y serás recompensado al ser estimado más.

79. Prevén el escándalo: Muchas cabezas se necesitan para hacer una multitud y en cada una de ellas hay ojos para la malicie y lengua para el vituperio. Si un defecto tuyo llega a sus oídos te podrán un apodo que afectara tu reputación. A veces esto es causado por la envidia de alguien para generar desconfianza general. Son lenguas que dañan reputaciones más fácilmente con una burla astuta que con acusaciones directas. Es muy fácil conseguirse una mala reputación porque es fácil creer lo malo pero difícil erradicarlo. El sabio evita tales incidentes y se cuida del escándalo. Es mucho más fácil prevenir que rectificar.

80. Cultura y Elegancia: Nacemos animales y solo nos levantamos de entre las bestias gracias a la Cultura. La Cultura hace a la persona, entre mas grande la persona, mas grande su Cultura. Nada contribuye tanto a la Cultura como el conocimiento. Aun el conocimiento sin elegancia es ofensivo No solo tu inteligencia debe de ser elegante sino también tus deseos y sobre todo tu conversación.

81. Que tu comportamiento sea fino y noble: El grande no debe ser pequeño en sus acciones. No se detiene minuciosamente en los asuntos y mucho menos en los desagradables. Porque aunque sea importante saberlo todo, no es necesario saberlo todo de todas las cosas. Debes de actuar en tales casos con generosidad. Fingir pasar por alto las cosas es una gran parte del trabajo del prudente. Muchas de las cosas entre parientes, amigos y enemigos deben de ser ignoradas. Todos se comportan de acuerdo a lo que hay en su corazón y entendimiento.

82. Conócete a ti mismo: Conoce tus talentos y tu capacidad, tanto en tu juicio como en tus inclinaciones. No puedes ser amo de ti mismo, no puedes dominarte a menos que te conozcas bien. Hay espejos para la cara, pero no para la mente. Deja que tu pensamiento cauteloso sobre ti mismo sirva como substituto. Cuando la imagen externa sea olvidada, mantén la interna para mejorarla y perfeccionarla. Conoce la fuerza de tu intelecto y capacidad, prueba la fuerza de tu valor y mantén tus fundamentos seguros y tu mente despejada.

83. El secreto de la Larga Vida: Vive una buena vida. Existen dos cosas que terminan la vida rápidamente: estupidez e inmoralidad. Algunos pierden la vida porque no tienen la inteligencia para mantenerla, otros porque no tienen la voluntad. Así como la virtud es su recompensa, también el vicio es su castigo. Aquel que vive una vida rápida, se acerca a su fin con el doble de rapidez. Una vida virtuosa nunca muere. La firmeza del alma se comunica al cuerpo, una buena vida no solo es larga sino plena.

84. Nunca hagas algo de lo que tu Prudencia te haga dudar: Cuando el que hace tiene sospecha de fracasar, el observador estará seguro de ello, especialmente si es un rival. Si en el calor de la acción tu juicio duda en proseguir, es señal de que después, al meditarlo fríamente te darás cuenta que proseguir era una estupidez. La acción es peligrosa cuando la prudencia te hace dudar. La Sabiduría no confía en las probabilidades, siempre se mueve en la razón. ¿Como puede cualquier esfuerzo tener éxito cuando el buen juicio lo condena tan pronto como es concebido?

85. Sabiduría Trascendental: Sabiduría Trascendental en todo. Una onza de Sabiduría es más valiosa que una tonelada de ingenio. Esta es la primera regla de todos los hechos y las palabras, mas necesaria entre mas alta sea tu posición. Es el medio mas seguro, aunque no gane mucho aplauso. Una reputación de Sabio es el último triunfo de la fama. Es suficiente si satisfaces al Sabio, porque su juicio es la piedra angular del verdadero éxito.

86. Versatilidad: Un hombre que tiene muchas cualidades excelentes es como si fuera muchos hombres. Al impartirles a sus conocidos su propia forma de disfrutar la vida, les enriquece su existencia. Variedad en excelencias es el placer de la vida. Es un gran arte sacar provecho de todo lo bueno.

87. Mantén el alcance de tus habilidades en secreto: El sabio no permite que su conocimiento y habilidades sean sondeadas hasta el fondo, si es que desea ser honrado. El sabio permite que lo conozcas pero no que lo comprendas. Las suposiciones y dudas acerca del alcance de los talentos del sabio causan más veneración que el exacto conocimiento de ellas.

88. Mantén vivas las expectativas: Deja que lo mucho prometa mas y que las grandes acciones anuncien otras mas grandes aun. No arriesgues tu Fortuna en un solo rodar de los dados. Se requiere de gran habilidad para moderar tus fuerzas para evitar que la expectativa se disipe.

89. Discreción: Es el trono de la razón y el cimiento de la prudencia. Por medio de la discreción se obtiene el éxito a bajo precio. Es un don del cielo y se debe de rezar por ella como la primera y la ultima cualidad. Es la pieza más importante de la armadura, y tan importante que su ausencia hace imperfecta a la persona, mientras que con otras cualidades es simplemente una cuestión de necesitar más o menos. Todas las acciones de la vida dependen de su aplicación –todas requieren de su ayuda, porque todo requiere de la inteligencia. La Discreción consiste en una tendencia natural hacia el rumbo mas racional combinado con un gusto por lo mas seguro.

90. Obtiene y preserva una Buena reputación: Cuesta mucho obtener una Buena reputación, porque ella solo se adhiere a habilidades distinguidas, las cuales son tan raras como comunes las mediocridades. Una vez que se obtiene se preserva fácilmente. La Buena reputación confiere obligaciones. Cuando se debe la Buena reputación a poderes elevados o esferas de acción nobles, se eleva a un tipo de veneración y concede un tipo de majestad. Es solo Buena reputación de sólidos fundamentos la que durara permanentemente.

91. Escribe tus intenciones en clave: Las pasiones son las puertas del alma. El conocimiento mas practico consiste en distinguirlas. El que juega con cartas mostradas corre el riesgo de perder la apuesta. La reserva y la precaución deben de combatir la curiosidad de los demás. No permitas que tus gustos sean conocidos, mucho menos dejes que otros los utilicen ni para contrariarlos ni para alabarlos.

92. Realidad y Apariencia: Las cosas pasan por lo que parecen, no por lo que son. Pocos se interesan en observar el interior, la mayoría se contenta con las apariencias. No es suficiente tener razón si tus acciones se ven falsas o malintencionadas.

93. Se una persona sin ilusiones, sabio y justo, en suma un aficionado a la Filosofía: Se todo esto, no nadamás lo aparentes ni lo simules. La Filosofía esta desacreditada actualmente pero fue siempre la principal preocupación del sabio. El arte de pensar ha sido degradado.

94. La mitad del mundo se ríe de la otra mitad y todos son estúpidos: Todo es bueno o todo es malo dependiendo de a quien le preguntes. Lo que uno busca el otro condena. Es un estúpido aquel que regule todo de acuerdo a sus ideas. Las excelencias no dependen del placer de una sola persona. En gustos se rompen géneros. No hay defecto que no sea afectado por los gustos. No te desanimes si algo no le gusta a alguien, porque otros lo apreciaran; tampoco permitas que su aplauso te distraiga porque seguramente habrá otros que lo condenaran. La verdadera prueba para la alabanza es la aprobación de gente sabia y de expertos en la materia. Se independiente a cualquier opinión, a cualquier moda y a cualquier siglo.

95. No te achiques ante nada: Grandes rebanadas de Buena Suerte no apenan al que puede digerirlas aun mas grandes. Lo que es plenitud para unos es escasez para otros. Algunos por su poca capacidad no las pueden digerir, porque nacieron sin ser entrenados para empresas importantes; sus honores no merecidos los marean, lo que es peligroso estando en una posición de eminencia. No encuentran su lugar apropiado, por lo que la suerte no les encuentra un lugar adecuado a ellos. La persona de talento deberá mostrar que tiene capacidad para aun más importantes empresas y sobre todo evitar el mostrar señales de apocamiento.

96. Deja que los demás mantengan su dignidad: Deja que la gente actúe de acuerdo a su nivel. Se sublime en la acción, noble en tus pensamientos, como un rey al menos en merito, si no en poder. Porque la verdadera realización es la rectitud sin mancha. No siente envidia de la grandeza el que puede servir como modelo para ella. Especialmente los que están cerca del trono deben de apuntar a una verdadera superioridad y preferir el tomar parte de las verdaderas cualidades de la realeza que solamente tomar parte en las ceremonias, sin afectar sus imperfecciones pero compartiendo su verdadera dignidad.

97. Aprende a conocer que es lo que se necesita en diferentes ocupaciones: Se necesita discernimiento para saber que es lo que se necesita. . Algunas ocupaciones demandan valor, otras tacto. Las que únicamente requieren rectitud son las más fáciles, las más difíciles son las que requieren astucia. Porque para la primera todo lo que se necesita es carácter mientras que para la otra toda tu atención y celo no serán suficientes. Se necesitara el doble de sentido común para tratar con aquellos que no lo tienen. Es intolerable cuando un oficio ocupa a alguien con horas fijas y una rutina establecida. Son mejores aquellos oficios que lo dejan usar sus propios recursos, combinando la variedad con la importancia, porque el cambio refresca la mente. Los trabajos mas respetados son los que tienen menos dependencia con los otros. Los peores trabajos con los que nos preocupan.

98. No seas aburrido: La persona obsesionada con una actividad o un tema es apta para ser aburrida. La brevedad es agradable y cumple mas –gana por cortesía lo que pierde por cortante. Las buenas cosas cuando breves son lo doble de buenas. La quintaesencia de la materia es más efectiva que una mezcolanza de detalles. Una persona que habla demasiado no es sabia. Hay gente que funciona mas como peones que como piezas centrales, estorbos inútiles en tu camino. El sabio evita ser una aburrición, especialmente con los grandes –quienes siempre están ocupados, es peor molestar a uno de los grandes que al resto de la gente. El que bien habla, habla breve.

99. No alardees de tu posición: Alardear de tu posición es mas ofensivo que la vanidad personal. Tomar la pose de importante te hace ser odiado. Entre mas estimación busques menos la obtendrás, porque depende de la opinión de otros, no puedes tomarla, solo la puedes recibir de otros. Las grandes posiciones y responsabilidades requieren ejercitar una cantidad suficiente de autoridad, sin ella no pueden ser manejadas adecuadamente. Preserva suficiente dignidad para cumplir las obligaciones de tu oficio. No impongas el respeto hacia tu persona, gánatelo. Aquellos que insisten y alardeen de la dignidad de su oficio muestran que no lo merecen y que es demasiado para ellos. Si quieres ser valorado, que sea por tus talentos.

100. No muestres auto-satisfacción: No debes de estar descontento contigo mismo, lo cual es tener debilidad de espíritu, ni estar satisfecho contigo mismo, lo cual es estúpido. La autosatisfacción es causada casi siempre por la ignorancia, y seria una ignorancia feliz con todo y sus ventajas si no arruinara la reputación. Como una persona no puede adquirir las superlativas perfecciones de otros, se contenta con su propio mediocre talento. La Desconfianza es sabia y hasta útil, porque el infortunio no puede sorprender a aquel que ya lo ha previsto. Las cosas dependen de muchas circunstancias –lo que constituye un triunfo para uno puede ser una derrota para otro. En medio de todo esto la estupidez incorregible permanece siendo la misma con una auto-satisfacción vacía.

101. El camino mas corto a la grandeza, se encuentra junto a los demas: Es un gran arte llevarse bien con todos. La alternancia de contrarios embellece y sostiene al mundo y si causa armonia en el mundo fisico, aun mas hara con el moral. Adopta esta politica al elegir a tus amistades –al unir los extremos se encuentra el mas efectivo termino medio.

102. No seas criticon: Gente de mal caracter le ve defecto a todo. Critican a todos- por lo que han hecho o por lo que haran. Esto es vileza. Convierten un paraiso en una prision –si la pasion interviene llevan las cosas al extremo. Pero una naturaleza noble siempre sabe encontrar una excusa para las fallas, diciendo que la intencion era buena o que fue un error por descuido.

103. No esperes hasta que tu sol este en el ocaso: Es sabio dejar uno a las cosas antes que las cosas te dejen a ti. Siempre debes de asegurarte un triunfo al final. Sabiamente retirate de cualquier oportunidad de infortunio. No esperes a ser despreciado, lo cual te dejaria vivo en sentidos pero muerto en estima. Los entrenadores sabios retiran a sus caballos antes de que sean objeto de burla en la pista de carreras. Una joven debe de romper su espejo cuando aun es bella, antes de que lo haga despues por desilusion.

104. Ten verdaderos amigos: Un amigo verdadero es un segundo yo. Un amigo verdadero es bueno y sabio con su amigo; entre ellos dos todo sale bien. Para que todos te deseen el bien, debes de ganarte sus corazones, para que te puedas ganar sus lenguas. La forma de ganarse sentimientos amistosos es actuar amistosamente. La mayoria y mejores de nosotros dependemos de los demas – tenemos que vivir entre amigos o entre enemigos. Por esto busca a alguien que te desee el bien cada dia.

105. Ganate la Buena Voluntad: Y te ganaras su buena opinion. Algunos confian tanto en el merito que descuidan la gracia, pero el sabio sabe que la vida es un camino largo y pedregoso sin la buena voluntad de los demas. La Buena Voluntad facilita y provee todo. Capta dones y hasta los provee, tales como el valor, la aplicacion, la sabiduria y la discrecion, mientras que no ve defectos porque no los busca. Lo mas dificil es ganarse la Buena Voluntad, mantenerla es facil. Buscala y cuando la encuentres utilizala.

106. En tiempos de Prosperidad preparate para la Adversidad: Es mas sabio y facil almacenar lo necesario para el invierno cuando todavia es verano. En tiempos de Prosperidad los favores son baratos y los amigos muchos. Por lo tanto debes de guardarlos para los dias desafortunados porque la Adversidad cuesta caro y no encontraras quien te ayude. Manten un almacen de amigos y gente que te deba algo, ya llegara el dia cuando su valor aumente. Los estupidos no tienen amigos verdaderos –en la Prosperidad son incapaces de reconocerlos y en la Adversidad no seran reconocidos por ellos.

107. Nunca compitas: Cada competencia daña tu reputacion. Le das oportunidad a tus rivales a oscurecerte y a brillar mas que tu. Pocos pelean una guerra honorable. La rivalidad descubre defectos que la cortesia esconderia. Muchos han vivido con buena reputacion mientras no han tenido rivales. El calor del conflicto revive escandalos añejos. La competencia inicia con humillacion hacia el rival y busca ayuda donde puede, no solo donde debe. Y cuando el abuso no consigue su proposito como frecuentemente sucede, tu oponente buscara venganza sacando a la luz todo lo que ayude a descreditarte. La gente de Buena Voluntad esta siempre en paz y todos los que tienen buena reputacion y dignidad tienen Buena Voluntad.

108. Acostumbrate a las fallas de los que te rodean: Esto es indispensable si dependen de ti o si tu dependes de ellos. Hay algunos personalidades funestas con las cuales debes de tratar. Por lo que debes ser inteligente y acostumbrarte a ellos.

109. Actua solo con gente honorable: Porque puedes confiar en ellos y ellos en ti. Su honor es el mejor seguro de su comportamiento hasta en los malentendidos, porque siempre actuan de acuerdo a su caracter. Es por esto que es preferible tener una disputa con gente honorable que una victoria sobre gente sin honor. La gente sin honor no puede ser considerada verdaderos amigos y sus acuerdos no los comprometen por mas serio que puedan parecer. Nunca tengas nada que ver con ellos.

110. Nunca hables de ti mismo: Porque si lo haces tendras que alabarte, lo cual es vano, o culparte, lo cual es estupido. Hablar de uno mismo es inadecuado para el hablante y desagradable para el escucha. Y si debes de evitar esto en la conversacion comun, aun mas debes de evitarlo en asuntos oficiales y cuando hables en publico donde cualquier destello de poca inteligencia es imperdonable. Debes de tener el mismo tacto cuando hables de alguien en su presencia, debido al peligro que existe en caer en cualquiera de los dos extremos: alabanza o critica negativa.

111. Adquiere la reputacion de ser cortés: Esto es suficiente para que a la gente le guste tu compañia. La Buena Educacion es el principal ingrediente de la cultura. Toda descortesia se gana la oposicion y mala voluntad. Toda descortesia es abominable pero mas si es engendrada por el orgullo. Es mejor demasiada Cortesia que muy poca. Entre oponentes tiene un valor especial y es una prueba de valor. Cuesta poco y ayuda mucho –todo aquel que da honor se vera honrado. La Educacion y el Honor tienen la ventaja de que se quedan con el que las muestra a los demas.

112. Evita ser odiado: No hay buena occasion para buscar el odio de los demas –llega sin buscarlo mucho. Hay algunos que odian sin saber el porque, su mala voluntad es mas rapida que nuestra disposicion para agradar. Su mala naturaleza tiende mas a dañar a otros que su codicia por ganar ventajas. Algunos se las arreglan para estar en malos terminos con todos. Una vez que el odio a echado raiz, es dificil de erradicar como la mala reputacion. El sabio es temido, el malevolo es aborrecido, el arrogante es desdeñado, el bufon es despreciado, el excentrico es ignorado. Por esto respeta para que seas respetado y aprende que para ser estimado debes de mostrar estimacion.

113. Vive practicamente: Hasta la sabiduria debe de estar a la moda, cuando no lo este es sabio fingir ignorancia. Las ideas y los gustos cambian con los tiempos. No seas anticuado en tu forma de pensar y haz que tus gustos sean modernos. En todo el gusto de las mayorias dicta la tendencia, debes de seguirla por un tiempo con la esperanza de llevarla a mas altos terminos. Tanto en los adornos del cuerpo como en los de la mente adaptate al presente, aunque el pasado parezca mejor. Esta regla no aplica a la bondad, porque es atemporal. En la actualidad, la bondad ha sido descuidada y parece pasada de moda. Asi tambien parecen fuera de moda la Verdad y el cumplimiento de la palabra pero aun asi son bienvenidas por todo. Que desgracia para nuestra epoca que se considere a la Virtud como una extraña y a las malas costumbres como algo normal. Si eres sabio vive como puedas, si no puedes, vive como debieras. Dale mas valor a lo que el destino te ha dado que a lo que te ha negado.

114. No hagas mucho ruido por una pequeñez: Asi como algunos hacen chisme de todo, otros hacen mucho ruido por una pequeñez. Siempre fanfarronean, todo lo convierten en una disputa o en un secreto. Las cosas problematicas no deben de tomarse demasiado en serio si pueden ser evitadas. Es absurdo tomarse a pecho lo que puede ser ignorado. Lo que pudo convertirse en algo, se ha vuelto nada al no ponersele atencion, y lo que era nada se ha covertido en algo de consecuencia al ponersele demasiada atencion. Los problemas se pueden arreglar cuando apenas van apareciendo, si los dejas crecer se volvera mas dificil. Frecuentemente el remedio causa la enfermedad. Toma como regla importante de la vida el dejar las cosas en paz, sin ponerles demasiada atencion.

115. Ten distincion en el hablar y en el actuar: Al hacer esto ganas posicion en muchos lugares y te ganas la estimacion por adelantado. La distincion se nota en todo, en el hablar, en la apariencia, aun en el caminar. Es una gran victoria conquistar los corazones de la gente. Pero no se obtiene por medio de una presuncion estupida o por una forma de hablar pomposa, sino por un adecuado tono de autoridad originado en un talento superior combinado con verdadero merito.

116. Evita la afectacion: Entre mas merito, menor afectacion. La afectacion le da un sabor vulgar a todo. Es un cansancio para los demas y un problema para el que muestra afectacion, porque se vuelve un martir del cuidado y se tortura a si mismo con atencion. Los meritos mas eminentes pierden mas por la afectacion, porque aparecen orgullosos y artificiales en vez de ser producto de la naturaleza y lo natural es siempre mas agradable que lo artificial. Siempre puedes estar seguro que la persona que afecta una virtud en realidad no la tiene. Entre mas trabajos te tomas para hacer algo, mas debes de ocultar dichos trabajos para que parezca que emergio espontaneamente de tu propio caracter natural. El sabio nunca parece saber sus propios meritos, porque solo al no tomarles atencion hace que la atencion de los demas se centre en ellos. Es doblemente grande el que tiene todas las perfecciones en la opinion de todos menos en la de el mismo.

117. Has que la gente te busque: Pocos alcanzan este favor con los demas. La manera mas segura para hacer que la gente te busque es ser excelente en tu oficio y en tus talentos añadiendole modales agradables. Haciendo esto llegas al punto en que te vuelves necesario para tu oficio, no tu oficio para ti. Algunos le hacen honor a su puesto, mientras que con otros es todo lo contrario.

118. No seas el que hable de las faltas de la gente: Es de pesimo gusto ocuparse de la mala fama de otros. Algunos tratan de ocultar sus propias manchas con las manchas de los demas, lo cual es una forma estupida de buscar consuelo. Entre mas te inmiscuyes en estos asuntos mas estupido apareces. Se conoce poco de las faltas de gente poco conocida. Ten cuidado de evitar ser un registro de faltas y defectos.

119. La Estupidez consiste no solo de cometer estupideces, sino tambien en no ocultarla cuando se comete: Debes de mantener a tus deseos encerrados, aun mas a tus defectos. A todos les va mal algunas veces, pero el sabio trata de ocultar sus errores mientras el estupido se jacta de ellos. La Reputacion depende mas en lo que se oculta que en lo que se hace; si no vives castamente, vive precavidamente. Aun en la amistad es raro que se expongan las faltas ante los amigos. Uno debe de ocultarlos hasta de uno mismo. Aprende a olvidar.

120. Ten Gracia en todo: La Gracia es la vida del talento, el aliento del discurso, el alma de la accion y el ornamento del ornamento. Las perfecciones son el adorno de nuestra naturaleza, pero la Gracia es el adorno de la perfeccion. Se muestra hasta en los pensamientos. La mayoria de las veces es un don de la naturaleza y le debe menos a la educacion y al entrenamiento. Sin la Gracia, la Belleza no tinene vida. Sobrepasa al valor, a la discrecion, a la prudencia. Es un atajo hacia el logro.

121. Ten Principios y Sentimientos elevados: Te llevaran a hacer actos nobles, te mejoraran el gusto y te ennoblecera el corazon, te elevara la mente, te refinara tus sentimientos y te intensificara la dignidad. Tambien remediara los reveses de la Fortuna, la cual se te voltea por envidia. La Magnanimidad, la Generosidad y todas las cualidades heroicas reconocen en los Principios y Sentimientos elevados a su fuente y origen.La caracteristica principal de la nobleza de sentimientos es hablar bien del enemigo y actuar mejor con el. Brilla aun mas cuando se presenta la occasion de una venganza y dejas pasar la oportunidad teniendo una completa victoria al mostrar generosidad inesperada. Es un maravilloso acto de politica. No tiene pretencion de victoria, porque no pretende nada y mientras obtiene sus mieles oculta sus meritos.

122. Nunca te quejes: Si siempre te estas quejando atraeras el descredito. Mas vale ser un modelo de auto-dependencia, opuesto a las pasiones de los demas que ser un objeto de su compasion. Las quejas abren el camino para que el que las escucha actue como aquellos de los que nos quejamos, y dar a conocer un insulto forma una excusa para otro insulto. Al quejarnos de ofensas pasadas damos occasion para haya ofensas futuras y al buscar ayuda o consejo solo obtenemos indiferencia y desprecio. Es mas politico alabar los favores de una persona, para que los demas se sientan obligados a hacer lo mismo. Relatar los favores que le debemos al que esta ausente equivale a demandar favores similares de quienes esten presentes y asi nuestro credito se apoya en el del alabado y quedamos bien. El inteligente nunca publicara sus fallas o defectos, sino solo aquellas marcas de consideracion que sirven para mantener viva la amistad y a la enemistad en silencio.

123: Haz y que te vean haciendo: Las cosas no pasan por lo que son sino por lo que parecen Ser util y saber como mostrarlo es ser doblemente util. Lo que no es visto es como si no existiera. Ni la Justicia recibe propia consideracion si no parece justa. Los observadores son mucho mas escasos que aquellos que estan desilusionados por las aparriencias. Las cosas son juzgadas por su apariencia y muchas cosas son diferentes de lo que parecen, pero un buen exterior es la mejor recomendacion para una perfeccion interna.

124. Corrige tus juicios: Apelar a tu corte interna de revision de juicios hace que las cosas sean mas seguras, especialmente cuando el curso de accion no es claro, ganas tiempo al confirmar o mejorar tus decisiones. Te permite nuevas bases para reforzar o corroborar tu juicio. En el caso de dar algo a alguien el regalo sera mas valorado si ha sido bien pensado que por ser prontamente entregado, lo que se espera mucho es recibido con ansiedad. Si tienes que negar algo que te hace ganar tiempo para decidir el como y el cuando, deja madurar el no para que te sea mas paladeable. Despues de que el primer ardor de deseo ha pasado, el dolor del rechazo se siente menos, pero especialmente cuando la gente esta presionando para obtener una respuesta, es mejor diferirla.

125. Es mejor ser un estupido con el resto del mundo que ser un sabio solo: Asi lo afirman los politicos. Para la gente la sabiduria solitaria pasa como estupidez. Es importante navegar con la corriente. La mas grande sabiduria consiste en fingir ignorancia. Tienes que vivir con los demas y los demas son la mayoria de las veces unos ignorantes. Es mejor ser un sabio entre la multitud que ser un estupido solo.

126. Duplica tus recursos: Al hacerlo duplicas tu vida. No debes de depender ni de confiar en un solo recurso, por mas prominente que este sea. Todo deberia de mantenerse por duplicado, especialmente las causas de exito, favor y estima. La mutabilidad lo trasciende todo y le da un limite a toda existencia, especialmente a las cosas que dependen de la voluntad humana, que es lo mas fragil. Para protegerse en contra de esta inconstancia el sabio debe de tomar como regla general el mantener un almacen doble de cualidades buenas y utiles.

127 No contradigas: La Contradiccion hace que parezcas necio y estupido, la prudencia te debe de ayudar a dejar esto. Encontrar dificultades en todo puede probar que eres astuto, pero tambien te puede definir como estupido. La gente asi hace una guerra de la conversacion mas agradable y actua como enemigo con sus allegados en vez de hacerlo contra sus verdaderos enemigos. Es estupido y cruel aquel que encierra en la misma jaula a la bestia salvaje y a la mansa.

128. Ponte en el centro de las cosas: Para que sientas el pulso de los acontecimientos. Muchos pierden el camino en discusiones inutiles o en palabreria cansada sin llegar a captar completamente el asunto. Van a un solo punto un ciento de veces, cansandose ellos y a los demas, sin tocar nunca el centro de los acontecimientos. Por esta confusion mental este tipo de gente desperdicia su tiempo y su paciencia en asuntos que deberian de dejar en paz, y asi se quedan sin tiempo para lo que debieron hacer pero no hicieron.

129. El sabio debe de ser Autosuficiente: Aquel que lo es todo para el mismo lleva todo lo que necesita dentro de si. Si tu eres tu propio amigo estas en la posicion de vivir solo. A quien mas podria un hombre asi querer si no hay un intelecto mas claro ni un gusto mas refinado que el suyo? De esta manera dependerias unicamente de ti mismo lo cual es una de las felicidades mas sublimes. Aquel que puede vivir solo no se parece en nada a la bestia bruta, se parece mucho al sabio y se parece en todo a un dios.

130. El Arte de dejar las cosas en paz: Esto es mas valido cuando las olas de la vida privada o publica estan embravecidas. Hay huracanes en asuntos humanos, tempestades de pasion, cuando es mas sabio retirarse a una bahia y permanecer anclado. Los remedios por lo general hacen que las enfermedades empeoren, en tales casos debes dejarlas que sigan su curso natural y a la influencia del tiempo. Un doctor sabio sabe cuando no recetar medicina y a veces la habilidad mas grande consiste en no aplicar remedios. La forma apropiada de afrontar las tormentas del vulgo es retirarte y dejar que se calmen solas. Ceder hoy es conquistar poco a poco. El agua de una fuente se enturbia con un poco que la agitemos y no se transparenta por nuestra voluntad sino dejandola en paz, sin moverla. El mejor remedio para los asuntos molestos es dejarlos que tomen su curso y se calmen solos.

131. Reconoce los dias desafortunados: Estos dias en verdad existen. Nada sale bien y aunque se cambie de juego, la mala suerte permanece. Dos intentos deben de ser suficientes para decirnos si un dia es desafortunado o no. todo esta en un proceso de cambio, hasta nuestra mente y nadie es sabio siempre. Tambien la casualidad toma parte. Todas las perfecciones tienen sus momentos, hasta la belleza tiene sus horas. Tambien la sabiduria falla a veces al hacer mucho o muy poco. Para que algo salga bien debe de hacerse en su dia adecuado. Esta es la razon por la que a algunas personas todo les sale mal y a otras todo les sale bien, aun con menos trabajo. Encuentran todo listo, su intelecto agil, su genio benefactor favorable y su estrella de la suerte en el cenit. En tales ocasiones debes de aprovechar la occasion y no dejar escapar ni la mas sutil oportunidad. El sabio no decide si un dia es afortunado o no solo por un evento de buena o mala fortuna porque puede que sea solo un chispazo de buena suerte o solo una ligera molestia.

132. Encuentra lo bueno de las cosas: Esta es la ventaja del Buen Gusto. No hay nada que no tenga algo bueno, especialmente los libros, alimento para las ideas. Algunos tienen un sentido para fijarse en un solo defecto de entre mil excelencias y hacen un balance de defectos lo que da mayor credito a si mal gusto que a su inteligencia. Este tipo de gente lleva unavida triste, alimentandose de amarguras y engordando con basura. Los que tienen el gusto mas afortunado son aquellos que de entre mil defectos se encuentran con una bella cualidad.

133. No te escuches a ti mismo: No sirve agradarte a ti mismo si no agradas a otros, y como regla general el desprecio es el castigo de la auto-satisfaccion. La atencion que te pones a ti mismo se la debes a otros. Hablarte y escucharte a ti mismo no puede dar buen resultado. Si hablar solo equivale a locura es doblemente inconsejable escucharte a ti mismo en presencia de otros. Hay algunos que en cada oracion buscan el aplauso o la adulacion poniendo a prueba la paciencia del sabio. Asi tambien el pomposo habla con eco, y como su platica solo puede avanzar con ayuda de muletas –en cada palabra necesitan el apoyo de un estupido "Bravo".

134. Nunca por obstinacion tomes el lado equivocado por que tu oponente ha tomado el lado correcto: Empiezas la pelea ya derrotado y deberas pronto de escapar en desgracia. Nunca podras ganar con armas malas. El oponente se vio astuto al tomar primero el mejor lado. Seria estupido venir detras de el para tomar lo peor. Tal obstinacion es mas peligrosa en acciones que en palabras, porque la accion encuentra mas riesgos que las palabras. Es una falla comun de los tercos perder lo verdadero por contradecirlo, y lo util por combatirlo. El sabio nunca se pone en el lado de la pasion . Si el enemigo es un estupido y obstinado el sabio se dara la vuelta y hara que el obstinado lo siga hacia el lado incorrecto, esta es la unica forma de sacar al enemigo del lado correcto, porque su estupidez lo haran que lo abandone y su obstinacion sera asi castigada por haberlo hecho.

135 Nunca te vuelvas paradico, para que evite ser aburrido: Ambos extremos dañan tu reputacion. Toda empresa que se aparta de lo razonable se acerca a la estupidez. La paradoja es una trampa, se gana el aplauso al principio por su novedad pero despues se descredita cuando el engaño es conocido y previsible y su vacuidad se vuelve aparente. Es una especie de malabarismo y en asuntos politicos seria la ruina del estado. Aquellos que no pueden o no se atreven a realizar grandes acciones por el camino directo de la excelencia rodean por la via de la paradoja, admirada por los tontos pero que convierte a los sabios en verdaderos profetas. La paradoja demuestra un juicio desequilibrado y no esta del todo basado en la falsedad sino mas bien en lo incierto y arriesga los asuntos mas importantes de la vida.

136. Empieza con otros para terminar contigo: Este es un medio politico para tu propio provecho. Hasta en asuntos divinos los maestros Cristianos recalcan esta maña santa. Es una importante pieza de disimulacion porque las ventajas previstas sirven de attraccion para influenciar la voluntad de los demas. Nunca debes de avanzar a menos que vayas en encubierto, expecialmente donde el terreno es peligroso. Es igual con las personas que siempre dicen no al principio, es mejor evitar este golpe presentanto tu peticion de tal forma que no se pueda negar. Este consejo pertenece a la regla de actuar de segundo impulso (ve la maxima 11), la cual cubre las maniobras mas sutiles de la vida.

137. No muestres tu dedo herido, porque todos lo buscaran para golpearlo: No te quejes de nada porque l malicie siempre apunta a donde la debilidad puede ser lastimada. La mala voluntad busca heridas para irritarlas, apunta sus dardos para poner a prueba el temperamento e intenta mil formas para molestar. El sabio nunca confiesa haber sido herido, ni descubrira algun mal ya sea personal o hereditario, porque a veces al destino le gusta herirnos donde estamos mas tiernos, siempre mortifica a la carne herida. Por lo tanto nunca le digas a nadie el origen de tu dolor o de tu alegria si quieres que el dolor cese y que la alegria dure.

138. Mira en el interior de las cosas: Las cosas son generalmente diferentes de lo que parecen y la ignorancia que nunca ve mas alla de la cascara se desilusiona facilmente. Las mentiras siempre vienen primero, arrastrando a los estupidos. La verdad siempre viene hasta el final, cojeando tomada del brazo del tiempo. Por eso el sabio reserva para la verdad una de sus orejas, porque la madre naturaleza en toda su sabiduria le ha dado en duplicado. La desilusion es muy superficial y solo los que son superficiales caen en ella. La Prudencia vive retirada en sus aposentos y es solo visitada por los sabios.

139. No seas inaccesible: Nadie es tan perfecto como para no necesitar a veces el consejo de los demas. Es un asno incorregible el que no escuche a nadie. Hasta el intelecto mas elevado debe buscar el consejo de un amigo. Aun la Soberania debe aprender a inclinarse. Hay algunos que son incorregibles porque son inaccesibles, se van a la ruina porque nadie se atreve a corregirlos. Los mas eminentes deben de tener la puerta abierta para la amistad, que puede convertirse en la puerta de la ayuda. Un amigo debe de tener libertad para aconsejar y para regañar sin sentirse apenado.

140. Cultiva el Arte de la Conversacion: Es ahi donde se muestra la verdadera personalidad. Ningun acto requiere mas atencion que la conversacion. Por la conversacion puedes ganar o perder. Si se necesita cuidado al escribir una carta, mas se necesita para la conversacion en la cual hay occasion para mostrar tu inteligencia. Los expertos sienten el pulso del alma en la lengua, por lo que el sabio dice "Habla, para que pueda conocerte". Algunos dicen que el Arte de la Conversacion no debe de tener arte –que debe ser sencilla, sin adornos, como la ropa. Esto aplica para la platica entre amigos. Pero cuando se establece una conversacion con personas a las cuales debes mostrarles respeto se debe responder con la dignidad que se merecen. Para ser apropiada se debe de adaptar al pensar y tono de los demas. No seas un critico de las palabras, o seras tomado como un pedante y la gente te evitara o al menos vendera caras sus ideas. En la conversacion la discrecion es mas importante que la elocuencia.

141 Ten a alguien que reciba los ataques por ti: Es una gran habilidad del lider tener un escudo en contra de la mala voluntad. No es un recurso de incapacidad como sus detractores imaginan, sino la politica de tener a alguien que reciba la censura de los afectados y el castigo del desagrado general. No todo puede salir bien, ni todos pueden quedar satisfechos. Es recomendable, aun al costo de nuestro orgullo, el tener chivos expiatorios, costales que reciban los golpes cuando las cosas no salgan bien.

142. Aprende a ponerle tu precio a las cosas: El valor intrinseco de las cosas no es suficiente, porque no todos muerden el anzuelo de la esencia, ni mira el interior. La mayoria de la gente se va para donde va el monton, y lo hacen porque ve que los otros tambien lo hacen. Es un arte mostrar las cosas en su verdadero valor –a veces alabandolo (porque la alabanza despierta el deseo), a veces poniendole un nombre impactante (lo que es muy util para poner a las cosas en la mas alta categoria) pero sin afectiacion. Create la fama de ser proveedor de los conocedores porque todos creen que son conocedores y si no las ganas de querer serlo despierta el deseo. Nunca llamas a las cosas "facil" ni "comun" porque con esto las deprecias. Todos corren tras de los inusual lo cual es mas atractivo tanto para el gusto como para la inteligencia.

143. Piensa antes de hacer: Piensa hoy para el mañana y para muchos dias despues. La mas grande prevision es determinar de antemano los tiempos turbulentos. Para el providente no hay desgracias y para el cuidadoso no hay escapes angustiosos. No debemos dejar de pensar hasta que estemos hasta el menton de lodo. La reflexion madura puede vencer sobre las dificultades mas formidables. Es mejor dormirse pensando en las cosas de antemano que despertarse ya que han sucedido. Muchos actuan primero y piensan despues, o sea que piensan menos en las consecuencias y mas en las excusas. Otros no piensan ni antes ni despues. Toda la vida debe ser un curso de pensar en como no salirse del camino correcto. La meditacion y la prevision te permiten determinar el curso de tu vida.

145. Nunca tengas un compañero que brille mas que tu: Entre mas brilla menos deseable es su compañia. Entre mas excelente sea en calidad, mas buena reputacion tendra y el siempre cantara la primera voz y tu la segunda. Si llegas a conseguir algo, solo seran las sobras que el deja. No te juntes con uno que te eclipse sino con uno que te haga brillar mas. Cuando estes en tu camino hacia la Fortuna asociate con los eminentes, cuando llegues a ella, asociate con los mediocres.

146. Ten cuidado de entrar a un lugar donde el espacio a llenar sea demasiado grande: Pero si lo haces sobrepasa a tu predecesor –igualarlo requiere ser el doble de valioso que el. Llenar un gran vacio es dificil, porque el pasado siempre parece mejor e igualar a tu predecesor no es suficiente porque el goza de la ventaja de haber estado ahi primero. Es por esto que debes de tener cualidades adicionales para destronar al predecesor de su lugar en la opinion publica.

147. No creas facilmente, que no te guste algo facilmente: La Madurez de la Mente se muestra cuando se es lento en el creer. Lo usual es la mentira, asi que deja que el creer sea inusual. El que cree facilmente cae pronto en la desilusion. Duda siempre de la buena voluntad de los demas. Es igual de imprudente tomarle gusto a algo demasiado pronto, porque las mentiras pueden ser dichas con palabras asi como tambien con hechos.

148. El Arte de dominar tus Pasiones: Oponte a los ataques de la pasion con reflexion prudente. El primer paso para dominar una pasion es reconocer que estas siendo atacado por ella. Este es el Arte de Artes. Debes de saber como y cuando detenerlas. Es una gran prueba de sabiduria estar sereno durante un ataque de rabia o pasion. Todo exceso de pasion es una disgresion de la conducta racional. Para mantener control sobre las pasiones debes de mantener firmes las riendas de la atencion.

149. Selecciona a tus amigos: Se habran graduado despues de haber pasado la prueba de la experiencia y el test de la Fortuna, no solo en afecto sino en discernimiento. Este es uno de los aspectos mas importantes de la vida aunque uno de los menos cuidados. La Inteligencia tra amigos a algunos, la casualidad trae amigos a muchos. Una persona es juzgada por sus amigos, porque no hay simpatia entre los sabios y los estupidos. Encontrar placer en la compañia de una persona no es prueba de amistad cercana. Hay amistadas legitimas por la fertilidad de ideas y motivos y otras ilicitas, por placer. Pocos son los amigos del yo interno de una persona, la mayoria lo son del yo superficial. La introspeccion de un verdadero amigo es mas util que la buena voluntad de los otros, por esto haz tus amigos por medio de la inteligente eleccion no por casualidad. Un amigo sabio te evita preocupaciones, un amigo estupido te trae mas preocupaciones de las que ya tienes.

150. No cometas errores en cuanto al caracter: Este es el peor error y el mas facil de cometer. Es mejor ser estafado en el precio que en la calidad de la mercancia. Cuando trates con la gente es necesario que uses tu introspeccion. Conocer a la gente es diferente de conocer a las cosas. Es de la mas profunda filosofia el sondear las profundiades de los sentimientos y distinguier los rasgos del caracter. La gente debe de ser estudiada tan a profundidad como los libros.

151. Haz uso de tus amigos: Esto requiere del arte de la Discrecion. Es mejor que algunos esten cerca, otros que esten lejos.Algunos no son buenos para la conversacion, pero son excelentes para cartearse, porque la distancia hace que se olviden los defectos que son insoportables cuando estan cerca. Los amigos son para usarse mas que para encontrar entretenimiento, porque tienen las tres cualidades de lo bueno: unidad, bondad y verdad. Pocos son dignos de ser buenosamigos. Mantener amigos es mas importante que hacerlos. Selecciona aquellos que te convengan. No hay desierto como el vivir sin amigos. La amistad multiplica lo bueno de la vida y divide lo malo. Es el remedio contra el Infortunio.

152. Soporta a los estupidos: El sabio es impaciente con los estupidos. Mucha sabiduria es dificil de satisfacor. La primera gran regla de la vida, segun Epictetus es soportar las cosas –el valoraba esto como la mitad de la sabiduria. Soportar todas las variedades es estupidez requiere de mucha paciencia. Frecuentemente debemos de soportar a aquellos de los que dependemos, lo cual es una util leecion de auto-control. De la paciencia nace la paz, la cual es la felicidad del mundo. Aun aquel que no tiene pacienca y que vive aislado debera de soportarse a si mismo.

153. Ten cuidado al hablar: Con tus rivales por Prudencia, con otros por apariencia. Siempre hay tiempo de decir una palabra, pero nunca de retirarla.

Habla como si estuvieras haciendo tu testamento: entre menos palabras menos problemas. Los secretos profundo tienen el lustre de lo divino. El que habla rapido o se cae pronto o fracasa pronto.

154. Conoce tus pequeños defectos: Hasta la gente mas perfecta tiene pequeños defectos y esta atada a ellos o los ama. Son frecuentemente defectos del intelecto y entre mas grande el intelecto mas notorios los defectos. Son manchas en la perfeccion, desagradan a los demas pero agradan al que los posee. Es una cuestion de Inteligencia deshacerse de ellos y dejar que actuen las otras cualidades porque la gente se fijara mas en tus pequeños defectos que en tus grandes talentos.

155. Como triunfar sobre tus rivales y tus detractores: No es suficiente engañarlo, aunque sea frecuentmente aconsejable –una postura digna es lo esencial. No hay venganza mas heroica que la de los talentos y los servicios que conquistan y atormentan al envidioso. Todo exito tuyo es un nudo mas en la soga que esta alrededor del cuello de aquellos que te desean el mal. La gloria del enemigo es el infierno del rival. El envidioso no muere una vez sino cada vez que el envidiado obtiene el aplauso. La inmortalidad de su fama es la medida de la totura del envidioso, mientras uno vive con honor el otro vive con dolor sin fin. La lenta muerte del envidioso dura mucho en terminar.

156. Nunca –por simaptia al desafortunado- te envuelvas en su destino: El infortuinio de una persona es la fortuna del otro, por lo que no puedes ser afortunado sin que varios sean desafortunados. Es una peculiaridad del desafortunado apelar a la buena voluntad de la gente, los cuales desean compensarlos por los golpes de la Fortuna con sus favores inutiles y suele suceder que cuando uno es aborrecido por todos en la prosperidad, se vuelve adorado por todos en la adversidad. Pero se debe de notar como el destino baraja las cartas. Hay gente que siempre se rodea de desafortunados, y el que antes volaba alto y feliz se encuentra ahora miserable a su lado. Esto revela nobleza de alma pero no demuestra Sabiduría Mundana.

157. Lanza pajas al aire para probar al viento: Encuentra como van a ser recibidas las cosas, especialmente de aquellas cuya recepcion o exito sean dudosas. Asi te aseguraras de que todo salga bien o de preparar tu retirada. Se sabio, sondea las intenciones de la gente para saber en que terreno estas parado. Esta es la gran regla de la prevision en el preguntar, en el desear y en gobernar.

158. Pelea la guerra con honor: Puedes verte obligado a pelear una guerra pero nadie te obliga a usar flechas envenenadas. Debes de actuar tal y como eres no como otros quieren que seas. La nobleza en la batalla de la vida te hace ser alabado; debes de pelear para conquistar. Una victoria vil no te trae la gloria mas bien desgracia. El Honor siempre tiene la carta mas alta. Una persona honorable nunca usa armas prohibidas, tal como usar una amistad que ha terminado para propositos de un odio recien iniciado, una confidencia nunca debera ser usada para vengarse. El mas ligero rastro de traicion ensucia tu buen nombre. El noble y el innoble deben de estar separados. Se capaz de presumir que si la nobleza, la generosidad y la fidelidad desaparecieran del mundo la gente podria redescubrirlas en tu corazon.

159. Distingue a la gente de palabras de la gente de hechos: La Discriminacion es importante, en el caso de elegir amigos, personas y empleos, de todos los cuales hay muchas variedadedes. Las malas palabras aun sin malas actos son lo suficientemente malas; las malas palabras con malos actos son aun peor. Recuerda que los arboles que dan hojas pero no dan fruto no tienen corazon – conocelos por lo que son: inutiles excepto por su sombra.

160. Aprende a confiar en ti mismo: En las grandes crisis no hay mejor compañeo que un corazon valiente. Las preocuaciones desaparecen para la persona que esta segura de si misma. No debes de rendirte al infortunio o se volvera intolerable. El que se conoce a si mismo sabe como dar fuerza a su debilida y el sabio lo puede conquistar todo.

161. No te entregues a las excentricidades de la estupidez: La vanidad, la presuncion, el egoismo, la desconfianza, el capricho, la terquedad, el teatricalismo, el berrinche, lo pregunton, la contradiccion y toda forma de defectos del ego son monstruosidades de la impertinencia. Toda deformidad de la mente es mas ofensiva que una fisica porque viola una belleza superior.

162. Asegurate de no fallar una en vez de atinarle 100 veces: Nadie ve directamente al sol, pero todos lo ven cuando esta eclipsado. La platica comun no relata lo que esta bien sino lo que esta mal. Las malas noticias se conocen pronto. Mucha gente no es conocida en el mundo hasta que ha muerto. Todas las hazañas de una persona juntas no son suficientes para limpiar un pequeño error. Evita entonces cometer cualquier error, sabiendo que la mala voluntad se da cuanta de cada error y no del exito.

163. En todas las cosas manten un reserva secreta a la cual recurrir en tiempos dificiles: Esta es una forma segura de mantener tu status. Debes siempre tener algo a que recurrir cuando tengas temor de una derrota. Hasta en el conocimiento debe de haber una reserva secreta para que en caso de necesitarlo tus recursos se dupliquen. La reserva es mas importante que la fuerza de ataque porque esta distinguida por el valor y la reputacion. La Prudencia solo se pone a trabajar cuando hay seguridad.

164. No desperdicies tu influencia: Los grandes como amigos son para las grandes ocasiones. No debes de usar gran confianza en pequeñeces porque desperdicias un favor. El ancla de emergencia debe de ser reservada como ultima medida. Si usas a los grandes para fines pequeños que queda despue? Nada es mas valioso que un protector y nada cuesta mas que un favor. Puede hacer o deshacer un mundo completo. Puede apoyar a tu talento o quitartelo. Asi como la naturaleza y la fama es favorable con el sabio, asi la suerte generalmente le tiene envidia. Es por eso que es mas importante tener de su lado el favor del poderoso que tener bienes y propiedades.

165. Nunca luches con alguien que no tiene nada que perder: Al hacerlo entras a un conflicto desigual. Tu contrario entra sin ansiedad –habiendolo perdido todo, incluso la verguenza, no tiene mas perdida que temer. El por lo tanto recurre a todo tipo de insolencia. Nunca debes de exponer tu valiosa reputacion que te ha costado años ganar a un riesgo tan terrible, porque puede perderse en un momento- un solo golpe puede borar mucho sudor. Una persona de honor y responsabilidad tiene reputacion porque tiene mucho que perder. La persona con reputacion entra a la competencia con gran precaucion y entra en accion con tal circunspeccion que le da a la Prudencia la oportunidad de retirarse a tiempo y de poner la Reputacion en resguardo. Porque aun en la victoira puede ser que el no gane lo que ha perdido al exponerse a las posibilidades de la derrota.

166. No seas de cristal en tus relaciones con los demas, aun menos en la amistad: Algunos se rompen muy facilmente y muestran su falta de consistencia. Sus sentimientos son mas sensibles que el mismo ojo y no deben de ser tocados. La mayoria son muy egoistas y esclavos de sus humores.

167. No vivas de prisas: Saber como separar las cosas es saber como disfrutarlas. Mucha gente termina con su Fortuna mas pronto que con su vida. Corren por los placeres sin disfrutarles y les gustaria regresar cuando ven que han pasado la marca. Devoran en un dia mas de lo que pueden digerir en toda la vida. Viven adelantandose en los placeres, se comen los años de antemano y terminan con todo demasiado pronto por su prisa. Aun en la busqueda del conocimiento debe haber moderacion, porque podemos llegar a saber cosas que seria mejor que no las supieramos. Tenemos mas dias que vivir que placeres. Se lento en el disfrute y rapido en el trabajo, porque la gente ve el trabajo terminado con placer y el placer terminado con arrcpentimiento.

168. Una persona solida: La persona que es solida no encuentra satisfaccion en aquellos que no lo son. No todos los que parecen serlo lo son. Algunos son fuentes de engaño, -impregnados de quimeras. Otros prometen mucho pero hacen poco. Al final acaban mal porque no tienen una base solida. Solo la verdad te puede dar verdadera reputacion; solo la realidad puede dar beneficio real. Las cosas sin fundamento no duran mucho. Prometen mucho como para ser confiables, no puede ser verdadero lo que prueba que es demasiado.

169. Ten Conocimiento, o conoce a aquellos que lo tienen: Sin inteligencia, ya sea la tuya propia o la ayuda de la de otros, la vida es imposible. Pero muchos no saben que no saben, y muchos creen que saben cuando no saben nada. Las fallas de la inteligencia son incorregibles, porque aquellos que no saben, no se conocen a si mismos y por lo mismo no pueden buscar lo que les hace falta. Muchos serian sabios si no se creyeran sabios. Pasa que aunque los oraculos de la sabiduria son preciosos son raramente usados. . El hecho de buscar consejo no aminora la grandeza ni muestra incapacidad. Al contrario, el hecho de pedir consejo prueba que eres Prudente. Acepta el consejo de la Razon si no deseas encontrarte con el fracaso.

170. Evita tener demasiada familiaridad con los demas: Tampoco permitas que los demas sean demasiado confianzudos contigo. Quel que es demasiado confianzudo pierde cualquier superioridad que su influencia le de y por lo tanto pierde respeto. Lo divino demanda décor. Toda excesiva familiaridad o confianza engendra desprecio. En ls relaciones humanas, entre mas muestres menos tienes, porque al tener una comunicacion abierta das a conocer fallas y defectos que la Prudencia mantendria ocultas. La familiaridad nunca es deseable: ni con los superiores porque es peligroso, ni con los inferiores porque no es adecuado, mucho menos con la masa, la cual es insolente por pura estupidez, ellos confunden cualquier favor o amabilidad que les tengas con necesidad hacia ellos. La familiaridad colinda con la vulgaridad.

171. Confia en tu corazon: Especialmente cuando ya ha sido puesto a prueba. Nunca te niegues a escucharlo. Es un tipo de oraculo propio que siempre predice lo mas importante. Muchos han perecido porque le temian a su propio corazon, pero de que sirve temerle sin encontrar un remedio mejor? Muchos son proveidos con un corazon tan verdadero que siempre predice el infortunio y evita sus efectos. No es sabio buscar males, a menos que busques conquistarlos.

172. La Reticencia es el sello de la Capacidad: Un corazon sin secretos es una carta abierta. Donde hay una base solida los secretos se pueden esconder profundamente. La Reticencia aparece por el auto-control y controlarse a uno mismo es un verdadero triunfo. La seguridad de la Sabiduria conste en templanza interior. El riesgo que corre la reticencia esta en los cuestionamientos, en el uso de la contradiccion para sacar secretos, en la ironia. Para evitarlo el prudente debe de ser aun mas reticente. Lo que debe de hacerse no necesita ser dicho y lo que debe de decirse no necesita ser hecho.

173. Nunca guies al enemigo hacia lo que tiene que hacer: El estupido nunca hace lo que el sabio considera sabio. El sabio no sigue un plan ideado por otro. Debes de discutir los asuntos desde ambos puntos de vista, voltearlos por los dos lados. Los juicios varian. Cuando tengas que decidir atiende mas lo posible que lo probable.

174. La verdad, pero no toda la verdad: Nada demanda mas precaucion que la verdad –es el aguijon del corazon. Se requiere tanto como decir la verdad y ocultarla. Una mentira destruye toda la reputacion de integridad. El engaño se considera traicion. Pero no todas las verdades pueden ser dichas, por nuestro propio bien o por el bien de otros.

175. Una pizca de arrojo en todo: Esta es una parte importante de la Prudencia. Debes de moderar tu opinion sobre los demas para no tenerles en tan alto como para temerles. La imaginacion nunca debe ceder al corazon. Muchos parecen grandes hasta que los conoces personalmente y al tratarlos sientes mas desilusion que estima. Recuerda: nadie sobrepasa los limites de la humanidad, todos tenemos debilidades . La dignidad da aparente autoridad la cual es raramente acompañada de poder personal, porque la Fortuna frecuentemente reviste la altura del puesto con la inferioridad del portador. La imaginacion siempre brinca demasiado pronto y pinta las cosas en colores mas brillantes que la realidad y piensa las cosas no como son sino como le gustaria que fueran. Si la autoconfianza ayuda al ignorante, cuanto mas hará por el valiente y sabio?

176. No defiendas tus opiniones demasiado firmemente: Todos los estupidos estan firmemente convencidos y todo aquel firmemente persuadido es un estupido; entre mas erroneo es su juicio mas firmemente se aferra a el. Aun en casos de obvia certeza es bueno ceder. Nuestras razones para mantener la opinion no importan, pero nuestra cortesia al ceder sera reconocida. Nuestra obstinacion pierde mas de lo que gana nuestra victoria. Existen algunas cabezas duras que añaden capricho a la obstinacion y el resultado es un estupido agotante. La obstinacion debe de ser para la voluntad no para nuestra forma de pensar.

177. No actues ceremoniosamente: Ser puntilloso es una lata. La afectacion colinda con la estupidez. Es correcto exigir respeto pero no lo es ser demasiado ceremonioso. No afectes ni desdeñes las reglas de etiqueta. No puede ser grande el que es grande en pequeñeces.

178. No arriesgues tu reputacion en una sola tirada de dados: Porque si algo sale mal el daño es irreparable. Puede que falles una vez, especialmente al principio. Las circunstancias no son siempre favorables. Siempre emplea mejores medios y recurre a mas recursos. Las cosas dependen de todo tipo de casualidades. Es por esto que la satisfaccion por el exito es tan rara.

179. Reconoce tus faltas: La Integridad puede reconocer al vicio aunque este vestido con brocados y coronado con oro. El esclavismo no pierde su vileza solo porque sea disfrazado con la nobleza del amo. Puedes ver que hay grandes personas con grandes faltas, pero no es por ellas que son grandes. Los grandes disfrazan sus vicios y los abominan en las clases inferiores.

180. Haz cosas agradables tu mismo y las cosas desagradables hazlas a traves de otros: Para que ganes buena voluntad y para que evites ser odiado. Una persona grande recibe mas placer en hacer un favor que en recibir uno, hacer favores es privilegio de los grandes. No puedes causar dolor a otro sin sufrir tambien dolor tu, ya sea el dolor por simpatia o por remordimiento. Cuando te encuentras en una alta posicion solo puedes trabajar por medio de premios y castigos, asi que concedete el privilegio de dar los premios y a otros dales la responsabilidad de aplicar los castigos. Elige a algien para quien se dirigiran el descontento, el odio y la maledicencia, porque la rabia de la multitud es como la del perro: sin importarle la causa de su dolor se pone a morder el latigo en vez de al que lo manejo.

181. Se portador de alabanzas: Hacer esto incrementa tu reputacion de tener buen gusto porque muestra que has aprendido lo que es excelente. Da material de conversacion y para imitacion. Alaba con delicadeza. Asimismo no hables mal de aquel que no este presente. No te dejes afectar por las exageraciones de uno ni te confies demasiado por las alabanzas del otro, debes de saber que ambos actuan del mismo modo por metods diferentes, adaptando sus palabras a la compañia con la que se encuentran.

182. Utiliza los deseos de los demas: Entre mas grandes sus deseos mas grande la oportunidad. Muchos hacen escaleras cuyos peldaños son los deseos de los demas, para alcanzar sus objetivos. La energia del deseo promete mas que la inercia de la posesion. La pasion del deseo se incrementa con cada incremento de la oposicion. Lo mas inteligente es satisfacer el deseo y preservar la dependencia.

183. Encuentra consuelo en todo: No hay problema sin compensacion. Se sabe que los tontos tienen suerte y la suerte del feo es proverbial. Vale poco y viviras mucho –es el vidrio cuarteado el que nunca es roto. Parece que la Fortuna le tiene envidia a los grandes, asi que iguala las cosas dandole larga vida al inutil y y corta vida al importante. Los que llevan la carga son los que sufren mientras los que no tienen importancia viven tranquilos. El desafortunado piensa que ha sido olvidado por la muerte y la Fortuna.

184. No te fies de la Cortesia: Hay algunos que pueden encantar a los tontos por la gracia de su verbo. Prometerlo todo es prometer nada –las promesas son las trampas de los tontos. La verdadera Cortesia es el cumplimiento del deber, lo demas es puro engaño. La obediencia no se le tiene al hombre sino a sus medios, los cumplidos no se ofrecen a las cualidades que son reconocidas sino a las ventajas que son deseadas.

185. Una vida pacifica es una larga vida: Para vivir, deja vivir. Los pacificadores no solo viven, ellos rigen la vida. Escucha, ve y quedate callado. Un dia sin disputa trae un sueño sin pesadillas. Una larga y agradable vida es el fruto de la paz. Tiene todo el que no se mete en lo que no le atañe. No te tomes nada a pecho. Es una estupicez preocuparnos por lo que no nos concierne y descuidar lo que si.

186. Cuidate de la gente que empieza con la preocupacion ajena para terminar con la propia: Debes estar alerta en contra de la astucia de los otros, observa sus intenciones para que no acabes haciendo lo que ellos quieran.

187. Ten opiniones razonable de ti y de tus asuntos: Sobre todo cuando eres joven, tienes una gran opinion de ti mismo, sueñas con tu buena suerte y te crees una maravilla sin fundamento. La esperanza da pie a promesas extravagantes que la experiencia no satisface. Antes que aparezca la experiencia, las expectativas vuelan muy alto. La mejor panace contra la estupidez es la Prudencia. El sabio anticipa tales errores. El sabio siempre tiene esperanza por lo mejor aunque espera lo peor, para recibir lo que venga con ecuanimidad. Si conoces la verdadera esfera de tu actividad y posicion, puedes reconciliar las ideas con la realidad.

188. Aprende a apreciar: Siempre habra alguien que te pueda enseñar algo. Siempre habra alguien que sera mejor que tu. Saber como usar a los demas es sabiduria util. El sabio aprecia a todos, porque ve lo bueno en cada uno y sabe lo dificil que es tener algo bueno. Los estupidos desprecian a todos, sin reconocer lo bueno y seleccionando lo malo.

189. Conoce tu estrella: Nadie es tan desafortunado como para no tener su estrella. Si se es desafortunado es porque no se le conoce. Algunos destacan en los favores de principes y potentados sin saber porque, excepto que la buena Fortuna les ha concedido el favor en faciles terminos. Otros son consentidos por los sabios. Una persona es mejor recibida por una nacion que por otra. Una persona encuentra mas fortuna en un oficio o posicion que en otro y todo esto sin cambiar sus cualidades. La Fortuna baraja las cartas cuando y como se le antoja. Deja que cada persona conozca su suerte asi como sus talentos, porque de esto depende que gane o pierda. Sigue tu estrella y ayudala sin confundirla por otra, aunque otras te llamen a gritos porque esto seria perder tu brujula.

190. No cargues a estupidos en tu espalda: El que no reconoce a un estupido cuando lo ve es porque el es uno de ellos y mas estupido sera sin se libra de su compañia. Son peligrosos acompañantes y pesimos confidentes. Son desafortunados y tienen que pagar por todo. Lo unico bueno de ellos es que aunque no son de utilidad para el sabio, sirven como anuncios y señales de precaucion.

191. Encuentra tu propio lugar por merito: El verdadero camino hacia el respeto es el merito y si la aplicacion acompaña al merito el camino se vuelve mas corto.

192. No poseas todo, no te satisfagas completamente: Para que no seas miserable por demasiada felicidad. El cuerpo debe respirar y el alma aspirar. Si poseyeras todo, todo se volveria desilusion y descontento. Hasta en la sabiduria debe siempre de haber algo que saber para estimular la curiosidad y animar a la esperanza. Los excesos de felicidad son fatales, no la satisfagas completamente. Si no hay nadamas que desear, lo hay todo para temer –un infeliz estado de la felicidad. Cuando muere el deseo nace el temor.

193. Son estupidos los que lo parecen asi como la mitad del resto: La estupidez nacio con el mundo y si la sabiduria existe ella misma es estupidez comparada con lo divino. El estupido mas grande es el que piensa que el no lo es y los demas si lo son. Para ser sabio no es suficiente parecer sabio, mucho menos parecerlo para uno mismo. Aunque el mundo esta lleno de estupidos ni uno que se considere como tal.

194. Palabras y hechos hacen a la persona perfecta: Debes de hablar bien y actuar honorablemente, ambas son excelencias que se originan en la nobleza del alma. Las palabras son las sombras de los hechos. Hablar es facil, actuar dificil. Las acciones son la verdad de la vida. Los hechos eminentes perduran, las palabras por mas altisonantes, desaparecen. Las acciones son el fruto del pensamiento, y si es sabio, son efectivas.

195. Emprende tareas faciles como si fueran dificiles y las dificiles como si fueran faciles: En el primer caso para que no se te duerma la confianza y en el otro caso para que no se sienta abatida. Para que algo quede sin ser hecho no hace falta mas que creer que ya se hizo. El trabajo motivado y paciente vence imposibilidades.

196. Aprende a jugar la carta del desprecio: Es una forma astuta de conseguir las cosas que quieres, al fingir que las deprecias; por lo general, no las tendras cuando las buscas, pero caen en tus mano cuando no andas tras de ellas. Las cosas escapan de quien las persigue y persiguen a quien les huye. El desprecio es la forma mas sutil de la venganza. El sabio nunca se defiende de las ofensas, porque la defensa hace mas para glorificar al ofensor que para castigar la ofensa. Es un truco de los mediocres oponerse a los grandes para ganar notoriedad. Hay muchos de los que no habriamos oido nada si sus eminentes oponentes no les hubieran hecho caso. No hay mejor venganza que la indiferencia, por la cual son enterrados con el polvo de su mediocridad. Ha habido audaces que para hacerse eternos le prenden fuego a alguna de las maravillas del mundo. El arte de reprobar el escandalo consiste en no hacerle caso. Combatirlo te daña, te causa descredito y es una fuente de satisfaccion para tu oponente.

197. Recuerda que hay gente vulgar en todos lados: En todos los lugares y en las familias mas eminentes. Es importante que conozcas a la vulgaridad para que la evites, porque toda la estupidez es vulgaridad y lo vulgar lo forman los estupidos.

198. Moderate: Los impulsos de las pasiones causan que la Prudencia resbale y existe el riesgo de la ruina. Un momento de ira o de placer desenfrenados pueden poner en peligro tu vida o darte motivo de verguenza o arrepentimiento. La astucia de algunos usan tales momentos de tentacion para sondear los dincones de las mentes. Giran esas perillas para poner a prueba tu mejor sentido de precaucion. La Moderacion sirve como contraaccion, especialmente en emergencias repentinas. Se necesita mucha reflexion para prevenir la mordida de la pasion. Es doblemente sabio el que es sabio a caballo. El que conoce los peligros llegara al final de su jornada. Asi como al que la lanza le parece ligera la palabra, asi tambien puede ser importante para el que la recibe. Muchos mueren como estupidos, pocos mueren estupidos. Es un gran estupido el que se rie de todo y tambien lo es el que llora por todo.

199. Aprende a jugar la carta de la Verdad: Es peligroso, pero una buena persona no puede evitar el decir la verdad. Pero se necesita gran habilidad. Los mas expertos doctores del alma ponen gran atencion a endulzar la pildora de la verdad. Porque cuando esta relacionada con destruir ilusiones se convierte en la quintaescencia de la amargura. Los asuntos actuales deben de ser tratados como si hace mucho hubieran pasado. Para los que puedan entender, una palabra es suficiente y si no lo mejor es el silencio.

200. En el paraiso todo es alegria: Y en el infierno todo es miseria. En la tierra, que esta entre los dos hay ambas cosas, estamos entre dos extremos. El destino varia –no todo es buena suerte ni todo es mala fortuna. Este mundo es el cero – por si mismo no tiene valor- pero con el paraiso frente a el significa mucho. La indiferencia a las subidas y bajadas de la vida es lo mas prudente, no hay novedad para el sabio. Nuestra vida se vuelve tan complicada como una comedia, pero las complicaciones se van resolviendo gradualmente –cuida que cuando la cortina caiga estes en una buena situacion.

201. Nunca reveles los secretos de tu arte: Esta es una maxima de los grandes maestros en el sutil arte de la enseñanza: siempre como maestro debes quedar en plano superior, debes de seguir siendo maestro, nunca lo enseñes todo, ni el origen de tu conocimiento. Puedes enseñar un arte con arte. De esta forma preservas el respeto y la dependencia de los atros. Tanto en el divertir como en el enseñar debes de seguir la regla: manten las expectativas y avanza hacia la perfeccion. Es sabio mantener una reserva para la vida y el exito. Los secretos confiados a los amigos son los mas peligrosos. Cuando le comunicas a alguien un secrteo te vuelves su esclavo. Regla de oro: no digas scretos ni los escuches.

202. Aprende a contradecir: Es un medio principal de averiguar las cosas –el avergonzar a los demas sin ser avergonzado. El control verdadero, pone en juego las pasiones. Un poco de incredulidad hace que la gente escupa secretos. Es la llave para un corazon cerrado y con gran sutileza es un juicio para la mente y para la voluntad. Una ligera depreciacion de las palabras de alguien hace que salgan los mas profundos secretos, un poco de carnada dulce hace que caigan y son capturados por el engaño astuto. Al reservarte tu atencion hace que el otro este menos atento y deja que aparezcan sus ideas mientras que de otra forma su corazon seria iescrutable. Una duda fingida es la ganzua sutil que la curiosidad puede usar para averiguar lo que quiere saber. En el aprendizaje tambien es un plan sutil del discipulo el contradecir a su maestro, quien a su vez se toma la molestia de explicar la verdad mas completamente y con mayor fuerza; asi una contradiccion moderada produce que aprendas y te enteres de lo que quieres en forma completa.

203. No conviertas un error en dos: Es muy comun cometer cuatro errores para remediar uno, o excusar una impertinencia cometiendo otra. La estupidez esta relacionada o es identica a la familia de las mentiras, porque en ambos casos se necesitan muchas de ellas para apoyar a una. Lo peor de un mal caso es tener que pelearlo y peor aun que el mal en si es no ser capaz de ocultarlo. La estupidez, la mentira y los errores tienden a venir en grupos. El sabio tendra un error, pero nunca dos.

204. Cuidate de aquellos que actuan de segunda intencion: Es una maña del astuto bajar la guardia ante el oponente antes de atacarlo y asi conquistar al ser derrotados. Desarman el deseo para conseguirlo. Se ponen en segundo lugar para llegar en primero. Su metodo rara vez falla si no se es notado. Por esto nunca estes desatento cuando la intencion esta actuando. Si el otro se pone en segundo lugar para ocultar su plan, ponte en primero para descubrirlo. La Prudencia puede discenir los artificios que el astuto usa y nota los pretextos que dice para alcanzar sus objetivos. Le apunta a una cosa para conseguir otra, rodea en vez de ir recto para dispararle a su objetivo. Debes de estar al tanto de lo que le concedes y a veces es recomendable hacerle ver que entiendes su juego.

205. Se expresivo: Esto depende tanto de la claridad asi como de la vivacidad de tus pensamientos. Algunos conciben ideas facilmente pero tienen dificultad para expresarlas, otros dicen mas de lo que piensan. Resolucion de la voluntad, expresion del pensamiento –ambos son grandes dones. Las mentes plausibles son aplaudidas, las mentes confusas son frecuentemente veneradas solo porque no son comprendidas – a veces la obscuridad de pensamiento es conveniente si deseas evitar la vulgaridad. Como va una audiencia a entender a alguien que no conecta una idea definida con lo que esta diciendo?.

206. Nunca ames ni odies para siempre: Confia en los amigos que tienes hoy sabiendo que pueden ser los enemigos mañana. Si esto pasa en la realidad, deja que pase en tu precaucion. Tambien deja la puerta de la Reconciliacion agbierta para los enemigos y si tambien es la puerta de la Generosidad entonces se vuelve aun mas segura. La venganza de hace mucho tiempo a veces se vuelve el tormento de hoy y la satisfaccion por el mal que hemos hecho se convierte en nuestro pesar.

207. Nunca actues por obstinacion sino por conocimiento: La obstinacion es un tumor maligno de la mente, es un producto de la pasion que nunca ha hecho nada correcto. Hay gente que hace guerra de todo, son bandidos de las relaciones sociales, todo lo que emprenden debe terminar en su victoria. Esta gente es fatal cuando gobierna, porque hacen del gobierno una rebalion y hacen enemigos de los que deberian considerar amigos. Tratan de efectuar todo con estrategia y lo tratan como fruto de su habilidad. No alcanzan el exito en nada pero solo consiguen un monton de problemos porque todo les sirve para aumentar su desilusion. Nada se puede hacer con ellos, solo alejarse.

208. Que no te consideren hipocrita: Aunque actualmente los hipocritas son indispensables, se considerado como prudente antes que mañoso. La sinceridad de comportamiento a todos agrada, aunque no todos pueden mostrar sinceridad en todos sus asuntos. La Sinceridad no debe de degenerar en simplicidad, ni la sagacidad en maña. Busca ser respetado como sabio en vez de ser temido por astuto. Los de corazon abierto son amados pero pronto desilusionados. La reputacion de alguien que sabe lo que tiene que hacer es honorable e inspira confianza, pero ser considerado hipocrita es una desilusion y causa desconfianza.

209. Si no te puedes vestir con piel de leon usa el abrigo del zorro: El que obtiene lo que quiere no pierde su reputacion. Usa la Inteligencia cuando la fuerza no funcione. Escoge entre ir por el camino del valor o por el atajo de la astucia. La habilidad ha realizado mas que la fuerza y la astucia ha conquistado al valor. Cuando no puedas conseguir algo, es tiempo de despreciarlo.

210. No encuentres ocasiones para poner en verguenza a ti o a los demas: Hay gente que siempre esta a punto de cometer una estupidez. Te los encuentras con facilidad y se separan de ti dificilmente. Cien molestias no es nada para ellas. Su humor siempre contradice a todos y a todo. Siempre traen el sombrero del juicio puesto al reves y asi lo condenan todo. Son las grandes pruebas de la paciencia y de la prudencia de los demas, no hacen ningun bien y hablan mal de todo.

211. La Reserva es la prueba de la Prudencia: La lengua es una bestia salvaje – una vez que la sueltas es dificil de controlar. Es el pulso por el cual el sabio juzga la salud del alma. Lo peor es que el que debiera estar mas reservado es el que menos. El sabio se salva de preocupaciones y verguenzas y muestra su control sobre si mismo. El sabio va por su camino cuidadosamente, imparcialmente, en alerta.

212. No seas excentrico, ni por afectacion, ni por descuido: Las acciones eccentricas son mas defectos que diferencias excelentes. Asi como algunos son conocidos por alguna fealdad especial, asi tambien lo son ellos por algo repeletne en su comportamiento. Tales excentricidades son marcas de su singular atrocidad – causan burla o mala voluntad.

213. Nunca tomes la cosas a la contraria: Todo tiene su lado suave y facil. La espada te hiere si la tomas por la hoja, la lanza del enemigo puede protegerte si la tomas por el asta. Muchas cosas causan dolor cuando podrian causar placer si te fijaras en sus ventajas. Todo tiene su lado favorable y su lado desfavorable, la Inteligencia consiste en encontrar el lado favorable. La misma cosa se ve diferente en otra luz. Encuentra lo bueno de todo, es una proteccion contra los vuelcos de la vortuna y una regla de vida para todos los momentos y condiciones.

214. Conoce tu principal defecto: Todos tenemos un defecto que contrabalance nuestro merito mas notorio y si este defecto es alimentado por el deseo puede llevar a convertirte en un tirano. Lo primero que debes de hacer es dar a conocer tu defecto publicamente, porque la maldad conocida es pronto conquistada.

215. Se acomedido: Persuadir a la gente de lo malo es facil, lo malo es facilmente creido aunque sea improbable. Lo mejor que tenemos depende de la opinion de los demas. Hacerle favores a la gente cuesta poco y ayuda mucho.

Con palabras puedes comprar hechos. Todos hablan de un tema de acuerdo a sus sentimientos.

216. No seas esclavo de la primera impresion: No debes de quedar satisfecho con la primera impresion ni con la primera proposicion, eso es ser superficial. Si tu enemigo llega a conocer tu superficialidad la puede usar para usar su astucia en tu contra. Siempre da cabida a una segunda impresion, a una segunda opinion. Espera para la segunda y hasta la tercera edicion de las noticias. Ser esclavo de la primera impresion muestra falta de Inteligencia lo cual es sinonimo de ser esclavo de tus pasiones.

217. Evita ser calumniador: No te pases de listo a costa de los demas, es facil, pero tambien odioso. Todos se vengaran hablando mal de ti y como ellos son mucho y tu uno, lo mas probable es que seas vencido. La maldad nunca debe ser tu placer. El criticon y calumniador es siempre odiado. Todo aquel que hable pestes escuchara aun peores pestes.

218. Planea tu vida sabiamente: No lo dejes a la casualidad, planeala con prudencia y prevision. La vida sin diversiones es cansada. Gran conocimiento te da gran placer. La vida debes de pasarla conversanco con los muertos: vivimos para conocer y para conocernos, los libros verdaderos nos hacen hombres verdaderos. Tambien debes de observar lo bueno y lo malo en el mindo. No todo se puede encontrar en un solo pais. La felicidad mas grande es ser filosofo.

219. Abre tus ojos: No todos los que ven tienen sus ojos abiertos. Darse cuenta de las cosas demasiado tarde da mas preocupacion que ayuda. Es dificil dar entendimiento a los que no tienen fuerza de voluntad, pero es aun mas dificil dar fuerza de voluntad a los que no tienen entendimiento. Ni una promesa que no fue bien pensada ni una resolucion erranea te amarran por completo, y aun asi hay algunos que continunan seguir siendo estupidos

220. Se sabio y mundano: No todo en la vida es pensar, tambien debe de haber accion. Los muy letrados son a veces facilmente engañados, porque aunque tienen conocimientos refinados, ignoran los conocimientos mundanos. Por esto o son estimados o considerados ignorantes por la multitud superficial. Al ser mundano evitas ser engañado. De que sirve el conocimiento si no es para la práctica, y el saber como vivir bien es un verdadero conocimiento.

221. Piensa al ofrecer: Porque si no, das mas incomodidad que placer. Algunos molestan cuando intentan agradar, porque no toman en cuenta las variedades de los gustos. Lo que es un halago para unos es una ofensa para otros y a veces al intentar ser util, te vuelves un estorbo. A veces cuesta mas desagradar a alguien que agradarle, no pierdas el don y el agradecimiento. Si no conoces los gustos de alguien no sabes como agradarle, por esto muchos insultan cuando querian alabar. Otros desean encantar con su conversacion y lo que logran es aburrir con su palabreria.

222. Aprende a pedir: Con algunos nada es facil, con otros nada es dificil. Hay personas que no saben decir no, con ellos no se necesita habilidad, pero con otros su primera palabra siempre es no. Con todos elige el momento adecuado. Sorprendelos cuando esten de buen humor, pero solo si su suspicacia no ha adivinado tu maña. Los dias de alegria son los dias de hacer favores, porque la alegria fluye desde el interior a la creacion exterior. No tiene caso solicitar cuando ontra ha sido rechazado porque el solicitado ya vencio la reticencia a decir no. Tampoco es buen momento despues de una tristeza. Comprometer a la persona de antemano es una forma segura, a menos que no cumpla sus compromisos.

223. Haz uso de la estupidez: Hay veces que es sabio fingir no ser sabio. Habla a cada quien en su idioma a los sabios con sabiduria y a los estupidos con estupideces, es inutil ser sabio con los estupidos y estupido con los sabios. Para que les gustes a todos debes de estar vestido con la piel del mas simple de los animales. Antes de que inicies una broma, conoce si el objeto de tu burla sera capaz de aguantarla.

224. No seas siempre una paloma: Alterna la astucia de la serpiente con la inocencia de la paloma. Nada es mas facil que engañar a un hombre honesto. El que no miente es credulo, el que no decepciona es muy confianzudo. A veces el ser engañado no es por causa de la estupidez, tambien puede ser por ser bueno.

Hay dos tipos de personas que no salen lastimados, los que experimentan en si mismos y los que experimentan en cabeza ajena, por la observacion. La Prudencia de usar de la sospecha. Combina en ti a la paloma y a la serpiente, no como monstruo, sino como prodigio.

225. Crea un sentimiento de compromiso: Algunos transforman favores recibidos en favores otorgados y hacen pensar que estan haciendo un favor cuando lo estan recibiendo. Hay algunos tan astutos que consiguen honor al pedir, hacen que se dude quien le hace el favor a quien. Consiguen lo mejor al alabarlo y su expresion de placer lo hacen un honor halagador. Comprometen a los demas con su cortesia y hacen que la gente sienta que les debe un favor cuando ellos son los deudores. Practicarlo es una sutil fineza, pero lo es aun mas detectarlo.

226. Ten puntos de vista originales: Esta es una señal de habilidad superior. No tenemos una gran opinion del que nunca nos contradice, la cual no es una señal de que nos ama, sino de que se ama mas a si mismo. No te dejes engañar por la alabanza, para que no tengas que pagarla despues, mas bien condenala. Puedes ganar credito si eres criticado por los que la gente buena considera malos. Por el contrario, debe molestarte si tus asuntos agradan a todos, porque esa es una señal de que vales poco. La Perfeccion es para los pocos.

227. Nunca ofrezcas satisfaccion a menos que te sea pedida: Y si te la piden tampoco des mas de la necesaria. Excusarte antes de que haya occasion equivale a acusarse. Una disculpa inesperada levanta sospechas. El astuto no debe de mostrarse atento a las sospechas de otra persona, porque esto equivale a buscar ofensa. Desarma a la desconfianza con la integridad de tu conducta.

228. Conoce un poco mas, vive un poco menos: Algunos dicen lo contrario, que es mejor estar tranquilos que estar ocupados. Nada nos pertenece mas que el tiempo, el cual tendras aunque no poseas otra cosa. Es igualmente desafortunado el que desperdicia su preciosa vida en tareas mecanicas o en una profusion de trabajo demasiado importanto. No acumules ocupaciones y por lo tanto envidia, porque si lo haces te complicas la vida y agotas tu mente.

Algunos quieren aplicar el mismo principio al conocimiento pero si no tienes conocimiento no vives de verdad.

229. No te dejes llevar por lo ultimo que has oido: Porque podras llegar a extremos irracionales. Hay gente que parece que son de cera, todos estampan en ellos sus impresiones, todos los tiñen con su propio color, son pesimos confidentes, son infantiles toda su vida. Debido a esta inestabilidad de sentimiento y voluntad pasan por la vida tambaleandose de un lado al otro.

230. Nunca empieces la vida con lo que deberias terminarla: Muchos empiezan con su diversion al principio dejando la preocupacion al final, pero lo esencial debe de venir primero y lo accesorio despues si hay cabida. Hay quienes desean el triunfo antes de haber luchado. Los hay otros que empiezan a aprender cosas de poca consecuencia y dejan los estudios que les traeran fama y ganancia para el final. El Metodo es esencial para el conocimiento y para la vida.

231. Cuando darle la vuelta a la conversacion: Cuando empiecen a hablar de malicias. Con algunos todo es al reves, su no es si y su si es no. Si hablan mal de algo es una alta alabanza, porque lo que quieren para ellos lo deprecian frente a los demas. Alabar algo no es siempre hablar bien de ello. Usa los medios humanos como si no hubiera medios divinos y usa los medios divinos como si no hubiera medios humanos.

232. No te pertenezcas por entero a ti mismo ni les pertenezcas por entero a los demas: Ambas son formas de tirania. El desear ser todo para uno mismo es como desear tenerlo todo. Este tipo de persona no cedera nada ni perdera nada de su comodidad. Es conveniente que a veces les pertenezcas a otros para que otros te pertenezcan a ti. El que tiene un cargo publico no es mas ni menos que un esclavo publico. Hay otros que pertenecen a la voluntad ajena, lo cual es una estupides que siempre llega a los extremos. Esto aplica hasta al conocimiento, donde una persona puede saberlo todo para los demas pero no para el mismo. El sabio sabe que cuando los demas lo buscan, en realidad no lobuscan a el sino a las ventajas que el representa.

233. Aprovechate de la Ignorancia de los demas: La mayoria de la gente estima mas lo que no entiende. Para ser valiosas las cosas deben costar caro, lo que no se sabe o no se entiende es tenido como superior. Debes de aparecer mas sabio y prudente de lo que es requerido por la sociedad con la que tratas si quieres que tengan una alta opinion de ti. En esto debe haber moderacion. Con la gente sabia rige el sentido comun, pero con la mayoria de la gente un poco mas de elaboracion es necesaria. No les des tiempo de criticar –dales ocupacion haciendo que traten de entender el significado de lo que haces y lo que dices. Muchos alaban algo sin poder explicar porque. La razon es que veneran lo desconocido y lo alaban porque escuchan que otros lo hacen.

234. Nunca desprecies un mal, por pequeño que sea: Los males siempre vienen juntos. Evita al desafortunado y asociate con el afortunado. No despiertes a la Mala Fortuna. Un pequeño error es algo que puede ser seguido por una perdida fatal hasta que llegue al grado de que no sepas cuando va a terminar. Asi como la Felicidad nunca es perfecta, nignun pedazo de Mala Suerte esta completo. Usa la Paciencia para designios que vengan de arriba y la Prudencia para acciones que vengan de los hombres.

235 Haz poco bien cada vez pero frecuentemente: Nunca debes de dar tanto como para que no haya posibilidad de devolucion. El que da mucho, no da, vende. Tampoco agotes la gratitud, porque cuando el que recibe ve que la devolucion es imposible rompe toda correspondencia. Con muchas personas lo unico que es necesario para perderlas es sobrecargarlas con favores, no te los pueden devolver y por eso se retiran prefiriendo ser enemigos que deudores perpetuos. El que recibe el beneficio no siempre quere ver a su benefactor. Tienes que ser muy sutil en dar lo que es muy deseado, para que sea aun mas estimado.

236. Ve preparado: Contra la descortesia, contra la falta de fe, contra la presuncion y todos los otros tipos de estupidez. Hay mucha de ella en el mundo y la Prudencia estriba en evitarla. Armate diario ante el espejo de la atencion, con las armas de la defensa. Preparate para la occasion y no expongas tu reputacion a contingencias vulgares. Armado con la Prudencia, no puedes ser desarmado con Impertinencia. El camino de las relaciones humanas es dificil. Frecuentemente la unica salida de escape a las dificultades son los malentendidos fingidos acompañados de la Cortesia.

237. Nunca dejes que las cosas lleguen a un punto de rompimiento: Porque si lo haces la Reputacion sale lastimada. Pocos nos pueden hacer el bien, casi cualquiera nos puede hacer daño. Los enemigos ocultos usan la garra del enemigo declarado para golpearte, permanecen en emboscada esperando la oportunidad. Los ex-amigos resultan ser los enemigos mas acerrimos. Todos hablan de las cosas de acuerdo a como desearian que fueran. Todos te culparan al principio por falta de prevision, al final por falta de paciencia y todo el tiempo por imprudencia. Si un rompimiento es inevitable deja que se excusado como un aflojamiento en las relaciones mas que como un estallido de ira.

238. Encuentra a alguien con quien compartir tus problemas: Nunca estaras solo, ni en los peligros y notendras que cargar todo el peso del odio. Algunos piensan que por su alta posicion pueden cargar con toda la gloria del exito, pero se encuentran que tienen que llevar toda la humillacion de la derrota. En este caso no hay nadie que los excuse, nadie con quien compartir la culpa. La gente y el destino son mas atrevidos contra uno que contra dos. Es asi como el medico sabio, si ha fallado en curar, busca a otro medico, quien bajo el nombre de otra consulta le ayude a cargar el cadaver. Comprte el peso y la pena, porque el infortunio cae con doble fuerza sobre el que esta solo.

239. Anticipa injurias y conviertelos en favores: Es mas sabio evitarlas que vengarlas. Es sabiduria poco comun el cambiar a un rival en confidente o transformar en guardias de honor a los que antes te atacaban. Ayuda mucho el saber como comprometer, porque el que se encarga de obtener gratitud no deja tiempo para las injurias. Convertir las preocupaciones en placeres es la verdadera sabiduria practica. Aprende a probar a la gente. Es mas importante conocer las caracteristicas y propiedades de la gente que la de vegetales y minerales. Puedes juzgar a los metales por su sonido y a las personas por su voz. Las palabras son la prueba de la integridad, las acciones son el todo. Necesitas mucho cuidad, profunda observacion, sutil discernimiento y decision juiciosa.

240. No le pertenecemos a nadie y ni nadie a nosotros por completo: Ni las relaciones ni la amistad ni la conexion mas intima es suficiente. Dar toda su amistad es muy diferente a dar toda su confianza. El amigo siempre se queda con un secreto que no te dira y aun hasta el hijo le oculta algo a su padre. Algunas cosas se le oculta a una persona y se le revelan a otra. De esta forma revelas todo y ocultas todo, haciendo distinciones entre las personas con las que estas relacionado.

241. Se capaz de olvidar: La memoria es injusta, porque nos abandona cuando mas la necesitamos, y estupida, porque se mete donde no deberia. En los asuntos dolorosos es activa, pero es descuidada en recordar lo placentero. A menudo el unico remedio para el problema es olvidarlo y todo lo que olvidamos es el remedio. Sin embargo debes de cultivar los buenos habitos de la memoria porque es capaz de hacerte la existencia un paraiso o un infierno.

242. No debes de poseer muchas cosas buenas: Uno las disfruta mejor si son propiedad de otra persona. El propietario la posee el primer dia, porque el resto del tiempo es para otros. Tienes un disfrute doble con la propiedad de otras personas, son el no tener temor de estropearlas y el placer de la novedad. Todo sabe mejor cuando no lo has tenido –hasta el agua del pozo ajeno sabe como nectar. La posesion estorba el disfrute e incremente las molestias, ya sea al prestar o mantener. No ganas nada excepto el mantener cosas para o de otros, ganando mas enemigos que amigos.

243. No tengas dias descuidados: Al destino le gusta hacer bromas y espera oportunidades para agarrarnos descuidados. Nuestra inteligecia, prudencia y valor, aun nuestra belleza deben de estar siempre listos para ser puestos a prueba, porque el dia de su confianza descuidada sera el dia de su descredito. El cuidado siempre falla cuando es mas necesario. Es la imprudencia la que nos lleva a la destruccion. Usa la estrategia de poner tus perfecciones a prueba cuando no estan preparadas.

244. Pon tareas dificiles a aquellos bajo tu mando: Asi como el miedo a ahogarse hace que una persona aprenda a nadar, asi algunos se probaron que eran capaces cuando tuvieron que tratar con una dificultad. Las situaciones

riesgosas son la occasion de crearse un nombre y si una mente noble ve el
honor en peligro hara el trabajo de varios.

245. No te vuelvas malo por pura bondad: Esto es, nunca enojandote. Tener
fuertes sentimientos ocasionalmente muestra personalidad; los pajaros pronto
se burlan del espantapajaros. Es una señal de buen gusto combinar lo amargo
con lo dulce. Puro dulce es dieta para niños y tontos.

246. Palabras sedosas, modales azucarados: Las flechas hieren el cuerpo,
insultan el alma. Las pastillas perfuman el aliento. Es un gran arte en la vida
saber como vender viento. Muchas cosas se pagan con palabras y con ellas
puedes quitar los imposibles. Siempre ten tu boca llena de caramelos para
endulzar tus palabras, para que asi hasta tus enemigos las disfruten. Para
agradar debes de estar tranquilo.

247. El sabio hace inmediatamente lo que el tonto deja para despues: Ambos
hacen lo mismo la unica diferencia esta en el tiempo en que lo hacen. Hay solo
una forma de enderezarlo y es forzarlo a hacer lo que debio haber hecho por su
propia voluntad. El sabio, por el contrario, reconoce inmediatamente lo que
tiene que hacerse tarde o temprano, por lo que lo hace voluntariamente y por lo
tanto gana honor.

248. Haz uso de la novedad de tu posicion: La gente es valorada cuando es
nueva. La novedad agrada porque no es comun. Una mediocridad nueva es
mas apreciada que una excelencia acostumbrada. La habilidad se gasta y se
hace vieja. Toma en cuenta que la gloria de la novedad es corta. Despues de
cuatro dias se pierde el respeto. Por esto, aprende a utilizar los primeros frutos
de la apreciacion y aprovecha todo lo que pueda ser util mientras dure la
nevedad. Una vez que la novedad ha terminado se enfria la pasion y la
apreciacion se cambia por disgusto por lo acostumbrado. Aprende que todo
tiene su tiempo, el cual termina pronto.

249. No critiques lo que agrada a muchos: Debe haber algo bueno en lo que
agrada a muchos, aunque no pueda ser explicado es ciertamente disfrutado. La
peculiaridad es siempre odiada y cuando esta equivocada recibe burlas. Al

criticar lo que agrada a muchos lo unico que logras es destruir el respeto por tu sentido del gusto mas que lastimar al objeto de tu critica. Si no puedes encontrar lo bueno en algo, oculta tu incapacidad y no critiques. El mal gusto se origina por falta de conocimiento. Lo que todos dicen asi es o asi sera.

250. Si sabes poco de algo no busques riesgos: Si no eres respetado como sutil, seras considerado como seguro. El que esta bien entrenado y sabe puede hacer lo que quiera. Saber poco y buscar riescos es igual a buscar la ruina. Toma el camino seguro, porque si alguien lo ha caminado antes tambien tu lo puedes caminar ahora.

251. Aplica la Cortesia para tu beneficio: La Cortesia que tu tengas con alguien, compromete a esa persona contigo. La Generosidad es el compromiso mas grande. Para el inteligente nada cuesta mas que lo que le es dado. Tu se lo vendos dos veces y por dos precios: uno es por el valor, el otro por la Cortesia. Pero con almas vulgares la Generosidad no funciona porque no comprenden el lenguaje de la buena crianza.

251. Comprende las disposiciones de la gente con la que tratas: Asi conoceras sus intenciones. Cuando se conoce la Causa, se conoce el Efecto; antes en la disposicion y despues en el motivo. La persona melancolica siempre prevee desgracias, el calumniador escandalos –al no tener concepto del bien, el mal se les ofrece. Una persona movida por la pasion, siempre habla de las cosas en forma diferente de como en realidad son; es su pasion la que habla, no su razon. Asi cada cual habla segun sus sentimientos o su humor, no siempre cerca de la verdad. Aprende a descifrar las caras y a leer el alma en las facciones. Si alguien siempre rie, consideralo como tonto o falso. Ten cuidado del chismoso, es un hablador o un espia. La belleza y la estupidez generalmente van de la mano.

252. Se atractivo: Es la magia de la Cortesia sutil. Usa el iman de tus cualidades agradables para atraer mas buenas voluntades que buenas acciones, pero aplicalas con todos. El merito no es suficiente a menos que este apoyada por la gracia, la cual es la unica cosa que da la aceptacion general y la forma mas practica de mandar sobre los otros. Tener popularidad es cuestion de suerte pero puede ser apoyada por la habilidad, porque el arte puede echar mejor raices en terreno favorecido. Ahi la buena voluntad crece y se desarrolla en la buena opinion de todos hacia ti. Asegurate de no ser ni muy temido ni muy amado. El amor introduce la confianza y esto hace que se debilite el respeto. Prefiere ser amado con respeto que con pasion.

253. Unete al juego tanto como lo permita la decencia: No siempre mantengas tu pose porque seras aburrido, debes de ceder una pizca de dignidad para ganar la buena voluntad general. De vez en cuando podtas ir a donde la mayoria va pero sin sobrepasar los limites del decoro. El que se ridiculiza o se hace el chistoso en publico no sera tenido como discreto en la vida privada. Puedes perder mas en un dia de placer que lo que has ganado en toda una vida de trabajo. Aun asi no siempre debes de estar distante; ser excentrico es alejarte de todos los demas. Tampoco seas delicado, dejale eso al sexo que le corresponde. Nada te hace mas ser un hombre que el ser un hombre. Una mujer puede fingir una actitud masculina para su beneficio, pero un hombre no puede fingir una actitud femenina y sentirse beneficiado.

254. Aprende como renovar tu caracter: Cambia para mejorar en nobleza y en gusto. Deja que de cuando en cuando se te añada una nueva virtud. A los 20 un hombre es un pavorreal, a los 30 un leon, a los 40 un camello, de los 50 en adelante es una serpiente.

255. Lucete: Es la iluminacion de los talentos. Para cada talento hay un momento apropiado, aprovechalo, porque no cada dia puedes tener un triunfo. Si la habilidad de desplegar tus talentos se une a dones versatiles seras considerado un genio. Hay naciones enteras que se dan al lucimiento, los españoles son los mejores. La luz fue lo primero que invento la creacion para poder lucirse y brillar. El lucimiento llena mucho y da una segunda existencia a las cosas, especialmente cuando se combina con excelencia verdadera. El destino, el cual da la perfeccion tambien provee de los medios para el lucimiento porque uno sin el otro son intules. Para lucirte necesitas habilidad. Hasta la excelencia depende de las circunstancias y no siempre es oportuna. La ostentacion esta fuera de lugar cuando esta fuera de tiempo. Lucete sin afectaciones, porque si no sera una ofensa, porque es vanidad y objeto de desprecio. El lucimiento debe de ser moderado para evitar ser vulgar, cualquier exceso es despreciado por el sabio. A veces el lucimiento consiste de una muda elocuencia, una despreocupada muestra de excelecia. Para el sabio el ocultamiento es el alarde mas efectivo porque el retirar de la vista incita la curiosidad al maximo. Es muy sabio no mostrar toda su excelencia de un jalon, sino otorgar muestras de cuando en cuando. Cada hazaña debe de ser el anuncio de una mayor y el aplauso de la primera solo debe callar en espera de la secuela.

256. Evita la notoriedad: Las excelencias se vuelven defectos si se vuelven notorias. La notoriedad se origina en la excentricidad, la cual es siempre criticada: el que es singular es aislado por los demas. Hasta la belleza se devalua por el exceso, lo cual ofende por la atencion que atrae. Hay gente que busca ser conocida por las novedades que obtiene en el vicio para adquirir la fama de la infamia. Hasta en asuntos de intelecto, la falta de moderacion puede degenerar en charla vacia.

257. No respondas a los que te contradicen: Debes de distinguir si la contradiccion se origina de la astucia o de la vulgaridad. Una contradiccion no siempre nace por la obstinacion, tambien puede venir de un plan cuidadosamente preparado. Al responder a una contradiccion puedes dar informacion util que puede ser usada en tu contra.

258. Se confiable: El trato honorable es inexistente, las confianzas son negadas. Pocos mantienen su palabra, entre mas grande el servicio mas pobre la recompensa –asi es nuestro mundo en nuestros dias. Hay naciones enteras que tienen inclinacion a los tratos fraudulentos donde siempre se debe temer alguna traicion, hay otras que tienden a fallar en las promesas y otras donde se maneja el engaño. Este mal comportamiento de los demas debe de ser un aviso para nosotros mas que un ejemplo. El sabio y prudente con honor nunca olvidara su integridad porque el ve como son los demas.

259. Congraciate con gente valiosa: El *si* tibio de una persona valiosa vale mucho mas que todo el aplauso del vulgo. El sabio habla con entendimiento y su alabanza da satisfaccion permanente. Hasta los monarcas necesitan autores y temen mas a sus plumas que las feas al lapiz del dibujante.

260. Usa la ausencia para hacerte mas estimado o valorado: Si la presencia acostumbrada disminuye la fama, la ausencia la aumenta. Los talentos se cubren de polvo por el uso, por lo que es mas facil ver el exterior que la grandeza que encierra. La imaginacion llega mas lejos que la vista. Mantiene su fama el que se mantiene en el centro de la opinion publica. El fenix usa su retiro para adquirir nuevos adornos y convierte la ausencia en deseo.

261. Ten el deseo de descubrir: Es una prueba del genio, pero cuando no ha tenido el genio un toque de locura?. Si el descubrimiento es un don del genio, la eleccion es una marca de buen sentido. El descubrimiento viene por gracia especial y muy raramente. Muchos pueden seguir algo cuando ya ha sido encontrado, pero encontrarlo es el don de los pocos. La novedad adula y si es exitosa le da al poseedor doble credito. En materias de jicio las novedades son peligrosas porque llevan a la paradoja, en asuntos de genio merecen toda la alabanza. Aunque ambos merecen el aplauso si se tiene exito.

262. No impongas cargas: Para que no seas despreciado. Respetate para que otros te respeten. Se moderado con tu presencia para que se te desee y seas bien recibido. Nunca vengas sin ser invitado y nunca vayas sin haber sido buscado. Si emprendes algo por decision propia tendras toda la culpa si falla, ninguno de los agradecimientos si tiene exito. Los que se meten en lo que no les importa son objeto de culpa y como se meten sin verguenza son expulsados con ella.

263. Nunca mueras por la mala suerte ajena: Observa a los que estan metidos en el lodo, ve como llaman a otros como para consolarse con compañia en el infortunio. Debes de tener gran precaucion cuando ayudes al que se esta ahogando para que no te ahogues tu tambien.

264 No te vuelvas responsable de todo o de todos: Porque si lo haces te vuelves un esclavo de todo y de todos. La libertad es mas preciosa que cualquiera de los regalos que te pudieran tentar a abandonarla. Aplicate menos en que otros dependan de ti y aplicate mas en se menos dependiente a alguien.

La unica ventaja del poder es que puedes hacer mas el bien. No consideres una responsabilidad como un favor, porque generalmente es el plan de otro para hacerte dependiente a el.

265. Nunca actues llevado por la pasion: Si lo haces, estas perdido. No puedes actuar por ti mismo si estas fuera de si y la pasion siempre te saca de la razon. En tales casos interpone a un purdente intermediario para mantener las cosas frias. Es por eso que los espectadores ven mas del encuentro, porque no son presa de la pasion. Tan pronto como te des cuenta que estas perdiendo el control emprende una sabia retirada. Porque tan pronto como sube la sangre, esta se derrama. Unos cuantos momentos pueden ser el arrepentimiento de muchos dias.

265. Actua segun el momento: Todos nuestros actos y pensamientos deben estar determinados por las circunstancias. Actua cuando tengas que hacerlo, porque el tiempo y la marea no esperan a nadie. No vivas por ciertas ideas fijas, excepto por aquellas que se relacionan a virtudes principales. Tampoco te guies por condiciones fijas, porque si no tendras que tomar hoy el agua que ayer desechaste. Hay gente tan absurdamente paradojica que espera que todas las crcunstancias de una accion se inclinen ante sus caprichos y no al reves.

266. Nada deprecia a una persona tanto como el mostrar que es como todos los demas: El dia en que se ve que eres demasiado humano, se pierde lo poco que tenias de divino. La frivolidad es el opuesto exacto a la reputacion. Y mientras los reservados son considerados mas que hombres, los frivolos se les tiene por menos.

267. Que tus cualidades personales sobrepasen los requisitos de tu oficio: Que no sea al reves. Por mas alto que sea el puesto, tus cualidades deben ser aun mayores. Que tu capacidad se expanda mas y mas de acuerdo a como vayan creciendo tus responsabilidades. No seas como el de mente angosta que pierde el animo con pequeñas responsabilidades y disminuida reputacion. El gran Augusto penso mas en ser un gran hombre que en un gran principe. Una mente noble encuentra lugar adecuado y confianza bien fundada encuentra su oportunidad. Entre mas grandes sean tus hazañas menos tienes que publicarlas. Deja que los demas hablen de ellas.

268. Madurez: Se nota en la ropa y en las costumbres. El peso es lo que identifica a un metal valioso, el peso moral es lo que identifica a un hombre valioso. La madurez le da un acabado a su capacidad y motiva respeto. Una disposicion madura de una persona sirve de fachada par su alma, consiste en el tono tranquilo de autoridad. Con esta gente las palabras son acciones. Al dejar de ser un niño ganas seriedad y autoridad.

269. Se moderado en tus opiniones: Cada quien tiene opiniones de acuerdo a sus intereses e imagina que tiene abundantes fundamentos para sostenerlas. Con todo el juicio da paso a la inclinacion. Dos personas pueden tener opiniones opuestas y pensar que tienen razon, pero la razon no tiene dos caras. El prudente se pone en el lugar de la otra persona e investiga las razones de su opinion. De esta manera no lo condena ni se justifica de una forma tan confusa.

270. Siempre actua como si otros estuvieran observando: Porque todo lo que hagas tarde o temprano se sabrá. Al actuar así, tus acciones adquieren consistencia. Aprende que las paredes oyen y que las malas acciones se te regresan.

271. Tres factores hacen un prodigio: Son los dones de la perfeccion: un Ingenio fertil, una Inteligencia profunda y un Gusto refinado. Pensar bien es bueno, pensar justo es mejor. Alos 20 rige la voluntad, a los treinta el intelecto, a los 40 el juicio. Hay mentes que brillan en la oscuridad como los ojos de un lince y entre mas oscuro mas claro brillan. Otros se adaptan a la occasion, siempre eligen lo que conviene a la emergencia, esta cualidad produce mucho y bueno. El buen gusto sazona la vida entera.

272. Quedate con hambre: La demanda es la medida del valor. Es de buen gusto apaciguar la sed pero no tomar demasiada agua. Poco y bueno es doblemente bueno. Demasiado placer siempre es peligroso y atrae la mala voluntad de los mas altos poderes. La unica forma de agradar es reavivar el apetito. Si quieres causar el deseo mejor hazlo por la impaciencia de la necesidad que por exceso de disfrute. La felicidad ganada da doble alegria.

273. Se virtuoso: La Virtud es la union con las perfecciones, el centro de la felicidad. La Virtud hace a la persona prudente, discreta, sagaz, cauta, sabia, valiente, pensante, confiable, feliz, honrada, honesta. Tres cosas hacen feliz a una persona: la salud, la santidad y la sabiduria. La Virtud es el sol de nuestro mundo. Es tan bella que se congracia con Dios y con el hombre. Nada es mas adorable que la Virtud, nada es mas detestable que el Vicio. La capacidad y grandeza de una persona seran medidas por la Virtud y no por su Fortuna. La Virtud sola es auto-suficiente. Hace a la gente amada en vida y recordada despues de la muerte.